Eternidade

DOIS CAMINHOS E DOIS DESTINOS

SSM
EDIÇÕES
2024

FONTES:

As citações Bíblicas foram extraídas da tradução de Almeida, Edição Revista e Atualizada. Da Bible Software The Word

SILMAR SILVA MOREIRA

Eternidade
DOIS CAMINHOS E DOIS DESTINOS

1° EDIÇÃO
INDEPENDENTE
JI-PARANÁ/RO
2024

Publicação Independente por
Silmar Silva Moreira

Revisão
Rosélia Soares Araújo

Capa
SSM Edições

Foto da Capa
Canva.com

Ficha Catalográfica elaborada pelo autor.

MO 835 Moreira, Silmar Silva, 1961-

   Livro: ETERNIDADE - Dois Caminhos e Dois Destinos
   Silmar Silva Moreira; Imagens: Canva.com - 1. ed.
   Ji-Paraná/RO. Edição Independente, 2024.

   191 P; 14 X 21 cm

   Inclui Bibliografia.
   ISBN: 978-65-00-99334-9

   1. Duas Portas, Dois Caminhos e Dois Destinos.
   2. A Falta de Temor do Senhor.
   3. O Inferno não Existe

   I Título.

                                    CDD 236
                                    CDU 234.53

<u>Título:</u>

ETERNIDADE - Dois Caminhos e Dois Destinos

Copyright© - 2024 by Silmar Silva Moreira
Publicado originalmente pelo Autor.

<u>Publicação Independente</u>
Rua Castanheira, 2402 Nova Brasília Ji-Paraná/RO
CEP: 76908-658

Fones: (69) 98469-2453 e (69) 3424-2606

<u>DEDICAÇÃO:</u>

Ao Pai celestial que nos fez idôneos para a herança dos santos na luz e a todos os irmãos em Cristo, que tem perseverado em uma vida de santidade buscando todos os dias ser parecidos com Jesus, a fim de estarem na eternidade com Ele.

"Assim como o ímpio decide não querer Deus e como recompensa a sua ausência perene preferindo viver na impiedade, o justo por decidir o contrário e desejar Deus em todos os seus caminhos, receberá dEle a sua presença e estará com ele para sempre na sua santa cidade. Tanto à este como para aquele, isto será a eternidade."

Silmar S. Moreira

SUMÁRIO

PREFÁCIO

Há algum tempo venho me preocupando com este assunto que tem sido ignorado por muitos, assunto este que deveria ser a preocupação de todos os dias dos cristãos. É certo que as rotinas hodiernas, consomem o nosso tempo e nos insere em um labor tão constante que nos prendemos nas questões terrenas a tal ponto de esquecermo-nos da eternidade.

Indubitavelmente o mundo atual não é o mesmo de algumas décadas e quem sabe até séculos atrás. Hoje em dia temos um mundo cheio de distrações, muito trabalho, muita fadiga e pouca disposição para empreendermos naquilo que é de fato o mais importante para as nossas vidas.

Quando falamos da nossa fé, devemos lembrar que foi para nós uma grande conquista, pois quem a tem foi agraciado por Deus, para algo tão importante que sem ela nem mesmo podemos agradá-lo e muito menos administrar a nossa salvação. É ela que nos dá a garantia e a certeza de que estamos no caminho certo e por ela alcançamos as condições necessárias para permanecermos firmes e constantes no reino de Deus.

Mas, voltando a falar sobre o mundo hoje, notamos uma sobrecarga tão grande, um labor tão constante, que alguns ficam ansiosos por suas conquistas pessoais e se esquecem de que o grande desafio que temos é o de buscar em primeiro lugar o reino de Deus e a sua justiça e crer que todas as coisas básicas nos serão acrescentadas; é uma promessa feita pelo próprio Deus e por que não dizer que até as outras coisas necessárias nos serão providas? Isso é um indicador de que não devemos estar ansiosos por coisa alguma, como diz as escrituras, antes fazermo-lo conhecido de todas as nossas necessidades com oração, súplica e ações de graça.

Então, por que os homens deste mundo atual insistem em buscar as coisas terrenas e não aquelas que apontam para a eternidade? Talvez porque a nossa visão míope nos induz a entendermos que precisamos buscar essas coisas que nos são tão necessárias e que nos suprem no nosso dia a dia, o que é um grande engano, pois como já falamos antes, não precisamos nos preocupar com a solicitude desta vida porque Deus cuida de todos nós. Mas, onde está de fato o problema? Creio que a resposta pode estar na parábola do semeador. Jesus nos apresenta a palavra como a boa semente e o coração do homem como a terra onde a mesma deverá ser plantada; quando ele fala da terra entre os espinhos diz: *"e a que foi semeada entre espinhos é o que ouve a palavra, mas os cuidados deste mundo e a sedução das riquezas sufocam a palavra, e fica infrutífera" (Mt.13:22).* Nota que a expressão "infrutífera" dá a conotação de alguém que se tornou improdutivo para as coisas do reino de Deus, exatamente por ter se voltado para os cuidados da vida e pela sedução levada pela avidez de conquistar riquezas.

Faço um alerta, não há nesse mundo nada que se compare ao que teremos na eternidade, tudo aqui é temporal e passageiro, nada é perene. Os valores celestiais são eternos e são para estes que Deus quer que voltemos os nossos olhos; há uma realidade por trás da cortina deste grande teatro chamado mundo e que só vamos descobrir quando transpusermos o véu que separa o eterno do temporal.

A palavra de Deus está recheada de alertas para lembrar-nos onde de fato deve estar o nosso maior investimento, Paulo nos dá a dica de que não devemos estar preocupados somente com as coisas terrenas, mas, sobretudo com aquelas que são lá do alto, e o próprio Jesus nos aconselhou a não ajuntarmos tesouros aqui neste mundo nos alertando que estes são temporais e perecíveis e aqueles que ajuntamos no céu são os que são eternos. Percebe como os nossos olhos estão fitos aqui neste mundo? Por isso eu disse anteriormente que o nosso desafio é termos olhos para o reino de Deus, é aqui onde está a eternidade. Que Deus na sua infinita misericórdia nos dê sabedoria para atendermos a grande conclamação do Espírito Santo quando inspirou o autor da carta aos hebreus dizendo: *"Olhando firmemente para o autor e consumador da fé, Jesus, o qual, em troca da alegria que lhe estava proposta, suportou a cruz, não fazendo caso da ignomínia, e está assentado à destra do trono de Deus"* (Hb.12:2). Ele é o nosso modelo, a nossa referência e o exemplo de como agradar o Pai, o qual veio para nos conduzir de volta a eternidade com Deus. *"Não se turbe o vosso coração; credes em Deus, crede também em mim. Na casa de meu Pai há muitas moradas; se não fosse assim, eu não teria dito, pois vou preparar-vos lugar. E, se eu for e vos preparar lugar, virei outra vez e vos levarei para mim mesmo, para que, onde eu estiver, estejais vós também"* (Jo.14:1-3).

Esse mesmo Jesus nos ensinou que há somente dois caminhos, um largo que conduz a perdição eterna e um estreito que conduz a vida eterna. Temos a liberdade de escolher qual deles queremos, considerando que enquanto estamos aqui temos essas duas opções, mas depois que morrermos, teremos um só destino: o céu ou o inferno. Uma eternidade com Deus ou uma eternidade sem Deus.

Silmar Silva Moreira

INTRODUÇÃO

Quando falamos do assunto eternidade, não tem como não falarmos destes dois lugares: céu e inferno. Porém, há várias controvérsias no entendimento a respeito desses dois lugares que muitas vezes traz grandes confusões nas mentes, principalmente dos leigos. O problema reside, com certeza, nas diversas traduções da Bíblia e a que chegou para nós em nossa língua, o português, em especial a tradução latina, que além de confundir não pacifica a ideia acerca desses ambientes. A minha intenção com este livro, não é esgotar o assunto e nem pretender ser ou dar a palavra final. Contudo, intenciono dar ao meu leitor um conteúdo munido de detalhes que possa elucidar com simplicidade o seu entendimento sem rodeios ou qualquer inferência desnecessária.

Quanto a palavra "CÉU", não há desentendimento nem confusão em seu significado, pois não há nas diversas traduções, versões bíblicas ou palavras variadas. Temos na língua hebraica a palavra "שמים *shamayim*" para o significado de céu inclusive na sua definição plural. Além dela, não encontramos nenhuma outra. Na língua grega, temos a palavra **"oupavoς *ouranos*",** que significa céu, e não vemos nenhuma outra palavra, mas, somente esta. Já a palavra "INFERNO", nos traz uma grande confusão, devido ser um termo que pretende definir para o mesmo lugar três palavras gregas e uma hebraica. Ou seja, quando lemos as palavras gregas: hades, Geena, Tártaro, e a palavra hebraica Sheol temos a definição definitiva de "inferno" e isso faz uma grande confusão, pois, cada palavra dessas, foi aplicada dentro do contexto, considerando o seu significado dentro das expressões da cultura, e da mitologia do país de sua origem.

Analisemos primeiro a palavra "inferno". Essa palavra não consta nos escritos originais da Bíblia, e para atestarmos a veracidade dessa confirmação, precisamos nos recorrer aos fatos históricos relacionados a Bíblia, fatos esses que são ensinados nas universidades de teologia na disciplina "Bibliologia", (Conjunto de conhecimentos e técnicas que abrangem a história do livro, a bibliotecnia, a bibliografia, a bibliotecologia, a biblioteconomia, e a bibliofilia, e se relacionam com a origem, evolução, produção, publicação, descrição, enumeração, conservação, restauração dos livros, e a organização deles em coleções). Essa ciência nos dará o respaldo que precisamos para concluirmos a análise da palavra "Inferno" e sua relação com as escrituras.

A primeira formação que temos das Escrituras hebraicas, que recebeu o nome de TANAKH, diz que essa composição se deu em aproximadamente mil anos, começou em 1491 A.C quando Moisés iniciou as primeiras palavras do Bereshit (בְּרֵאשִׁית, B'reishit, "No princípio") que recebeu o nome grego de Gênesis (do grego Γένεσις, "nascimento", "origem"), até ao retorno do cativeiro da Babilônia em 445 A.C quando Esdras presidiu a chamada Grande Sinagoga e compilou a TANAKH, contendo a Lei (Torá), os profetas (Nevi'im) e os Escritos (Kethuvim). Essa composição inclusive foi citada por Jesus quando diz: *"E disse-lhes: São estas as palavras que vos disse estando ainda convosco: convinha que se cumprisse tudo o que de mim estava escrito **na Lei de Moisés, e nos Profetas, e nos Salmos**" (Lc.24:44).*

Em 285 A.C o rei do Egito Ptolomeu II Filadelfo, pediu ao sacerdote Eleazar, que enviasse à Alexandria os manuscritos sagrados com homens sábios que pudessem traduzi-los para o grego, a fim de que fossem colocados na maior biblioteca do mundo daquela época (a biblioteca de Alexandria). Os eruditos tradutores foram enviados, 72 homens, seis de cada tribo de Israel, os quais concluíram o trabalho de tradução em 72 dias, por essa razão deu-se o nome de SEPTUAGINTA.

Voltemos então ao nosso assunto, a origem da palavra inferno. Há a constatação de que nem na Tanakh, nem na Septuaginta existe a palavra "inferno". Na Tanakh lemos a palavra "Sheol" (mundo inferior, região dos mortos), na Septuaginta lemos as palavras: Geena, Hades e Tártaro, cada uma delas com seu aspecto peculiar. Geena foi dita por Jesus, segundo a tradição fazendo alusão ao lixão de Jerusalém, conhecido como "Vale de Hinon", e esse termo está relacionado com a cultura hebraica. Hades, significa:

mundo inferior ou submundo, na mitologia grega é a terra dos mortos, o local para onde a alma das pessoas se dirigiria após a morte. A expressão Tártaro, também de origem grega, é definido como prisão subterrânea, tão abaixo do Hades quanto a terra é do céu. Segundo a mitologia, nele são aprisionados somente os deuses inferiores; na Bíblia, esse lugar é descrito por Pedro como o lugar onde os anjos que deixaram seu domicílio para cometer pecado, estão aprisionados aguardando o dia do juízo. *"Porque, se Deus não perdoou aos anjos que pecaram, mas, havendo-os lançado no inferno (ταρταροω **tartaroo**), os entregou às cadeias da escuridão, ficando reservados para o Juízo"* (II Pe.2:4).

Continuando a análise histórica da Bíblia. Após a Septuaginta, veio a Vulgata Latina, essa tradução foi feita por Jerônimo, a pedido da igreja católica em 405 D.C e foi aqui onde apareceu pela primeira vez a palavra "inferno". Jerônimo traduziu por inferno tanto o Sheol, o Geena, o Hades, quanto o Tártaro, portanto, onde lemos essas palavras nas Escrituras, vemos a palavra inferno, isso nos traz confusão, por causa da peculiaridade de cada um desses lugares, creio que o ideal não seria ter traduzido cada um deles como fez Jerônimo, o correto seria transliterá-los, assim seria preservada as peculiaridades de cada um dentro dos seus significados históricos, etimológicos, culturais e mitológicos.

A história da Bíblia não termina aqui, mas pretendo encerrar o assunto neste ponto; foi minha pretensão chegar até aqui, para poder explicar a palavra inferno e como ela surgiu no contexto bíblico.

A origem do termo "inferno" conforme dissemos é do latim (*infernum*), que significa "as profundezas" ou o "mundo inferior". Origina-se da palavra latina pré-cristã (inferus) "lugares baixos" (*infernus*.[1] É um conceito presente em diferentes culturas, religiões, mitologias e filosofias, representando a <u>morada dos mortos</u>, ou o lugar de condenação e grande sofrimento das pessoas más. O significado que é atribuído à palavra "inferno" que teve a sua origem na tradução da Bíblia por Jerônimo (A Vulgata Latina) foi depois imortalizada na obra <u>A Divina Comédia</u> de Dante Alighieri,[2] e da obra <u>Paraíso Perdido,</u> de John Milton.[3] Enunciando a ideia de um local de tormento ardente no submundo.

Cada um desses lugares têm suas peculiaridades: no HADES tem fogo e há tormentos; no TÁRTARO há aprisionamento; no GEENA Há fogo inextinguível, no LAGO DE FOGO há fogo, enxofre e tormentos eternos; a segunda morte. E em todos não há aniquilação. As outras palavras

---

1- **INFERNUS** é definida em várias culturas e religiões como a morada dos mortos ou mundo dos mortos, lugar de condenação e muito sofrimento.

2- **A DIVINA COMÉDIA** é um poema de viés épico e teológico da literatura italiana e mundial, escrito por Dante Alighieri no século XIV e dividido em três partes: o Inferno, o Purgatório e o Paraíso.

3- **PARAÍSO PERDIDO** é um poema épico do século XVII, escrito por John Milton, originalmente publicado em 1667 em dez cantos. Uma segunda edição foi publicada em 1674 em doze cantos, com pequenas revisões do autor.

como: Fornalha acesa e Trevas são seguidas das expressões choro e ranger de dentes (intenso sofrimento).

O meu objetivo ao escrever sobre o assunto "eternidade", não é entregar ao meu leitor uma exaustiva análise sobre o inferno e o céu, não é dar provas de que esse ou aquele lugar é que é o inferno ou o céu, mas esclarecer sobre a suas existências, as suas características e contribuir para que os sofismas, os enganos acerca desses lugares, em especial o inferno, sejam sanados e uma vez esclarecidos, fique ciente de que as suas escolhas em vida, o levará para um desses lugares.

Arriscando uma definição, não fazendo apologia a esse ou aquele pensamento sobre o inferno; à luz dos relatos das Sagradas Escrituras, e das análises etimológicas considerando inclusive a mitologia e a cultura dos lugares onde essas palavras foram originadas e usadas como expressões arrisco dizer que, o Hades é um lugar onde estão aqueles que morreram sem Cristo, uma região inferior, nas profundezas da terra, que por sua vez será lançado no Lago de Fogo; e o Geena é o mesmo Lago de Fogo uma vez que não é uma palavra mitológica e nem de definição concreta, mas como já dissemos, uma alusão feita por Jesus ao lixão de Jerusalém, fato relacionado a história judaica. O Tártaro é um lugar abaixo do hades, exclusivamente para aprisionamento daqueles anjos citados por Pedro e Judas em suas epístolas.

Por que entendo ser o Geena o mesmo Lago de Fogo? Primeiro: pelo fato de só o Hades ser lançado no Lago de Fogo e obviamente o Tártaro que fica abaixo dele; sendo assim, onde estará o Geena? Segundo: as características do Geena e do Lago de Fogo são bem parecidas. Portanto, acredito ser o mesmo lugar.

Todas as vezes que Jesus citou a palavra "Hades", em referências como: Mt.16:18, Lc.10:15; 16:23, At.2:27 e Ap.1:18; 6:8 e 20:14" há um fato curioso, não é citada a palavra fogo, exceto na história do rico e Lázaro, onde vemos a frase "estou atormentado nessa chama". Mas, quando Ele cita "Geena", em referências como: Mt.5:22; 10:28; 18:9; 23:15, Mc.9:43, Lc.12:5, na maioria delas a palavra vem associada a palavra "fogo" e há inclusive expressões como: "Geena de Fogo".

Percebe como fica mais compreensível o entendimento sem a palavra inferno? Como disse antes, a transliteração seria a melhor opção, assim podemos ver cada uma dessas palavras definindo claramente a eternidade com a ausência de Deus, apontando para lugares com tormentos e muitos sofrimentos eternos.

Veja algumas considerações de dicionários e enciclopédias a respeito dessa palavra "inferno" ou "Infernum" do latim, elucidando que a sua utilização não foi uma assertiva, pelo contrário, trouxe confusão e não cooperou para que o seu uso fosse de utilidade inclusive para a melhor compreensão do termo, principalmente quando citada nas versões mais populares.

O Dicionário Expositivo de Palavras do Velho e do Novo Testamento diz a respeito do uso de "inferno" para traduzir as palavras originais do hebraico "Sheol" e do grego "Hades". Hades corresponde a Sheol no Antigo Testamento. Na Versão Autorizada do AT e do NT, **foi vertido de modo infeliz por Inferno.**[4]

A Enciclopédia da Collier diz a respeito de "inferno": Primeiro representa o hebraico Sheol do AT, e do grego Hades, da Septuaginta e do NT. Visto que Sheol, nos tempos do Antigo Testamento, se referia simplesmente à habitação dos mortos e não sugeria distinções morais, a palavra 'inferno', conforme entendida atualmente, **não é uma tradução feliz.**[5]

A The Encyclopedia Americana diz: Muita confusão e muitos mal-entendidos foram causados pelo fato de os primitivos tradutores da Bíblia terem traduzido persistentemente o hebraico Sheol e o grego Hades e Geena pela palavra inferno. A simples transliteração destas palavras por parte dos tradutores das edições revistas da Bíblia não bastou para eliminar apreciavelmente esta **confusão e equívoco.**[6]

4- **Vine's Expository Dictionary of Old and New Testament Words** (Dicionário (Expositivo de Palavras do NT, de Vine, 1981, Vol.2, p.187).
5- **A Colie's Encyclopedia (enciclopédia da Collier** 1986, VI 12. P.28).
6- **The Encyclopedia Americana (Enciclopédia Americana**, 1956. XIV p.81).

No desenrolar de cada capítulo referente ao assunto, apesar de entender que não é a melhor opção, pretendo utilizar a palavra "inferno", por ser conhecida de todos, desde a sua utilização por Jerônimo na tradução da Vulgata Latina, todos que conhecem a Bíblia tem-na como palavra referência para definir a eternidade sem Deus e as agruras do sofrimento eterno e também para facilitar a leitura e dar melhor compreensão. No entanto, pretendo que o leitor entenda que a melhor opção para o melhor entendimento do assunto é considerar a transliteração das palavras: Hades, Tártaro, Geena (do grego) e a palavra Sheol (do hebraico) e não a palavra "inferno" (do latim). Portanto, todas as vezes que aparecer a palavra "inferno" no texto bíblico, estarei informando também, a sua escrita original como no exemplo abaixo:

Inferno (γεεννα geenna);

inferno (Αδης hades);

inferno (ταρταροω tartaroo);

inferno (שאל sh'eol Sheol).

"Entrai pela porta estreita, porque larga é a porta, e espaçoso, o caminho que conduz à perdição, e muitos são os que entram por ela; E porque estreita é a porta, e apertado, o caminho que leva à vida, poucos há que a encontrem" (Mt. 7:13-14).

O versículo acima é claro em dizer que Deus nunca apresenta a terceira opção, mas sempre duas, embora nos desse a liberdade de escolha, nos dá duas alternativas, a fim de que não haja confusão ou qualquer pretexto para dizermos que foi muita opção para uma só escolha. Percebe que o nosso Deus é prático, esse método é pragmático e objetivo e, além disso, a sua apresentação vem acompanhada de um esclarecimento que tira todas as dúvidas, ou seja, um dos caminhos aponta para a perdição eterna e o outro para a vida eterna. Deus é luz e nele não há trevas, tudo o que ele fala é transparente e cristalino, não há engano e nem sombra de dúvidas. Portanto, fica entendido que quando o homem escolhe uma dessas opções, o faz consciente e por sua livre escolha, alguns optam conscientemente, outros por pura vaidade, e ainda outros pela incredulidade e outros até por engano, mas ainda assim se opta pelo caminho errado; o homem fica indesculpável, pois Deus está o tempo todo de todas as formas possíveis dando os seus alertas, se apresentando ao homem, através da natureza, de homens piedosos, da sua igreja e da própria Palavra. O grande dilema é que o homem sempre deverá fazer a sua escolha e muitos escolhem a sedução deste mundo em detrimento da sua eternidade.

A opção por engano, não dá ao homem a desculpa de que não optou pelo certo porque fora enganado. Quando falo do engano me refiro a uma artimanha de satanás, o qual impetra sobre o coração daqueles que escolheram dar ouvidos as suas mentiras, a atentarem para as verdades do Evangelho, ou seja, mesmo que foram enganados, o foram pela opção de não dá ouvidos a voz de Deus e sim, as sugestões mentirosas do inimigo. Aqueles que optam por pura vaidade, o fazem pelas facilidades que lhes são apresentadas. Jesus fala que a porta é larga e o caminho espaçoso, dando a conotação de que aqui há muitas facilidades com todas as suas nuances e obviamente isso agrada a carne do homem que busca facilidades em vez de dificuldades. Jesus diz que muitos são os que escolhem esse caminho e conscientemente optam sabendo que estarão fazendo uma escolha em detrimento da própria vida.

Esse caminho espaçoso é a apresentação de um mundo cheio de distrações, prazeres e oportunidades fáceis e todas essas opções agradam a alma caída do homem que prefere viver em um hedonismo frenético onde as obras da carne afloram em busca de uma insaciável bonança de prazeres sem fim. Sabemos que há duas portas, dois caminhos e dois destinos; o Pai celestial espera que todos optem pelo caminho estreito, mas, essa opção significa andar na contramão do mundo, ao contrário da outra opção que é hedônica, essa é cheia de privações e apertos; o Senhor Jesus fala que poucos são os que fazem essa opção, ainda que em sua apresentação ele diga que esse caminho é o que conduz para a vida eterna.

Atentem para a expressão de Jesus "entrai", o verbo aqui está no imperativo, é uma ordem do Senhor que embora nos desse livre arbítrio, está nos ordenando que façamos a escolha certa, em um esforço único como um clamor de um Pai querendo que seus filhos não se percam. Mas, infelizmente não nos obrigará a fazê-la, ainda que o seu coração clame pela melhor decisão da nossa parte, ficará firme em sua opção de deixar que escolhamos o que preferirmos. Aqui podemos perceber o desespero de um pai querendo salvar seus filhos de uma situação que a sua eficácia depende da reciprocidade deles. Deus jamais vai quebrar esse princípio. E a melhor prova que temos está mostrada na parábola do filho pródigo (Lc.15:11-32), quando Jesus diz que um homem tinha dois filhos. O mais novo disse ao pai: Eu quero agora a minha parte da herança, em lugar de esperar até que o senhor morra! o pai concordou e deu-lhe a sua parte conforme pedira. Essa informação é muito importante, pois aqui vemos o pai dando ao filho a liberdade de escolher o que queria, não lhe imputando nenhuma restrição ou condição por sua escolha. Poucos dias depois este filho mais novo juntou toda sua parte, viajou para uma terra distante, e ali gastou todo o dinheiro com festas e prostitutas. Quando o seu dinheiro acabou, uma grande fome espalhou-se sobre a terra, e então começou a passar necessidades. Foi então a um fazendeiro local pedir para trabalhar na sua fazenda, cuidando dos porcos. O rapaz andava com tanta fome que desejava encher seu estômago com a lavagem que jogava aos porcos, mas ninguém deixou. Quando ele finalmente voltou ao seu juízo, disse consigo mesmo: Lá em casa até os empregados têm comida de sobra, e aqui estou eu, morrendo de fome! Eu vou para casa, junto do meu pai, e lhe direi: "Pai, eu pequei, tanto contra o céu como contra o senhor. E já não mereço ser chamado seu filho. Por favor, receba-me como seu empregado. Deus como pai espera que todos se arrependam e cheguem ao bom juízo de decidirem voltar para casa. Perceba que esse jovem rapaz humildemente decidiu voltar, entendendo que ser apenas um empregado do seu pai ainda era melhor que ficar onde estava.

Então voltou para casa, para junto de seu pai. E quando ainda estava a uma grande distância, o pai viu que ele vinha, e ficou cheio de compaixão e de alegria! Correu, abraçou e beijou o filho. O rapaz disse: Papai, eu pequei contra o céu e contra o senhor, e não mereço ser chamado seu filho. Veja que cena maravilhosa, a atitude do pai, se encheu de compaixão e exultou por ver o filho retornando. Prontamente correu ao seu encontro o abraçou e o beijou cheio de alegria. Assim é Deus, quando recebe o pecador que se arrepende e opta pelo caminho estreito.

O pai disse aos escravos: Depressa! Traga a melhor roupa, a mais bonita para vestir meu filho. Um anel para colocar em seu dedo e sandálias para calçar lhe os pés! Podemos ver aqui uma alegoria maravilhosa da parte de Deus, há aqui uma simbologia que mostra a atitude e o sentimento de Deus como pai, quando recebe em seu reino um pecador que se arrepende — A melhor roupa, um tipo da santidade, a partir de quando o homem afastado de Deus se arrepende e volta para Deus. A palavra nos garante que todos os seus pecados são perdoados, ele é limpo e purificado de toda a sua iniquidade — O anel, um tipo da confirmação da filiação. Sabemos que os anéis ou sinetes eram próprios dos reis e dos príncipes, serviam para mostrar sua autoridade ao mesmo tempo que selava suas leis e comunicações enviadas, era um objeto real que além do rei só o seu filho possuía; neste caso, o pai não estava recebendo o filho perdido como servo, mas, como filho, restituindo-lhe a sua posição dentro da sua paternidade — As sandálias, um tipo de concessão para que esse pecador arrependido, seja autorizado a pregar a Palavra do Reino. Veja que, o pecador arrependido, que voluntariamente retorna para Deus, como Pai, o recebe e o torna santo, filho e seu arauto para a proclamação da sua palavra. *"Assim que, se alguém está em Cristo, nova criatura é: as coisas velhas já passaram; eis que tudo se fez novo. E tudo isso provém de Deus, que nos reconciliou consigo mesmo por Jesus Cristo e nos deu o ministério da reconciliação, isto é, Deus estava em Cristo reconciliando consigo o mundo, não lhes imputando os seus pecados, e pôs em nós a palavra da reconciliação"* (II Co.5:17-18

Matem o melhor bezerro que temos. Precisamos fazer uma festa, para comemorar nossa alegria. Porque este meu filho estava morto e voltou à vida. Estava perdido e foi achado. Com isto começou a festa. Além da alegria, da exultação o pai propõe que se fizesse uma festa para comemorar o retorno do seu filho. Jesus mostra nesse momento da parábola que, não somente havia no coração do pai a alegria, mas o desejo de convocar a todos para se alegrar com ele. Isso está também citado na parábola da ovelha perdida (Lc.15:4-7) quando Jesus diz: Que homem dentre vós, tendo cem ovelhas e perdendo uma delas, não deixa no deserto as noventa e nove e não vai após a perdida até que venha a achá-la? E, achando-a, a põe sobre seus ombros, cheio de júbilo; e, chegando à sua casa, convoca os amigos e vizinhos, dizendo-lhes: Alegrai-vos comigo, porque já achei a minha ovelha perdida. Notem o realce dado no versículo 7: *"Digo-vos que assim haverá alegria no céu por um pecador que se arrepende, mais do que por noventa e nove justos que não necessitam de arrependimento"* (Lc.15:7).

O filho mais velho estava nos campos trabalhando; quando ele voltava para casa, ouviu a música das danças, e perguntou a um dos criados o que estava acontecendo. Seu irmão voltou, contou ele, e o seu pai matou o melhor bezerro e preparou uma grande festa para comemorar a volta dele ao lar com saúde. O filho mais velho ficou zangado e não queria entrar. O pai saiu e insistiu com ele. Porém ele respondeu: Todos esses anos eu tenho trabalhado bastante para o senhor, e nunca me recusei, nenhuma vez, a fazer uma só coisa que o senhor me mandou; e em todo este tempo o senhor nunca me deu nem mesmo um cabrito para uma festa com os meus amigos. Já quando volta este seu filho, depois de gastar o dinheiro do senhor com prostitutas, o senhor comemora matando o melhor bezerro que temos na fazenda! Olhe meu filho querido, disse-lhe o pai, eu e você somos muito amigos e tudo o que tenho é seu. Porém é justo comemorarmos, pois ele é o seu irmão; estava morto e voltou a viver! Estava perdido e foi achado. Como Deus é maravilhoso! Diante da revolta do filho mais velho, quando externava sua indignação, atentando apenas para o que o irmão havia feito, considerando como valor maior os bens que havia gastado dissolutamente e não valorizando a pessoa, bem como a sua atitude de arrependimento, é repreendido pelo pai que tenta convencê-lo do porquê daquela sua atitude quando diz: "é justo comemorarmos, pois ele é o seu irmão; estava morto e voltou a viver! Estava perdido e foi achado!". Queridos leitores, assim é Deus como nosso pai, sempre vai aguardar o retorno daqueles que se perdem no meio do caminho, sempre vai estender a sua destra de misericórdia e vai sempre externar o seu grandioso amor. Através do Espírito Santo estará sempre pronto para convencer o pecador de que vale a pena o arrependimento, lembrando que a parte mais difícil foi feita por Jesus, quando a si mesmo se ofereceu como sacrifício para que através da sua morte pudéssemos ser propiciados, substituídos, resgatados e reconciliados com Deus.

O maior problema relacionado com a eternidade é que as pessoas vivem como se ela não existisse, ou pelo menos como se fosse algo de somenos, um fator secundário em suas vidas. Isso é tão irracional que, chega a ser surreal; uma criatura que é eterna, vive um tempo da sua vida em um mundo material, mas, não se preocupa com os resultados das suas escolhas e decisões, mesmo sabendo que terá impacto na sua eternidade.

Tudo na vida tem início, meio e fim, se compararmos com alguém que tem um projeto a ser executado, ele vai inicialmente fazer todo o seu planejamento, em seguida vai buscar recursos, subsídios e mão de obra para por fim alcançar o seu objetivo. Não é normal vermos alguém que fez todo o planejamento, buscou todos os recursos necessários para a execução do projeto, mas em algum momento do processo, resolveu mudar de planos e por consequência tem como resultado o insucesso do seu projeto. Assim fazem as pessoas no tocante a sua eternidade. Elas fazem planos, escolhas e tomam decisões não importando o impacto que seus desejos provocarão na sua eternidade. Jesus nos fala uma parábola dizendo: a herdade de um homem rico tinha produzido com abundância. E arrazoava ele entre si, dizendo: Que farei? Não tenho onde recolher os meus frutos. E disse: Farei isto: derrubarei os meus celeiros, e edificarei outros maiores, e ali recolherei todas as minhas novidades e os meus bens; e direi à minha alma: alma, tens em depósito muitos bens, para muitos anos; descansa, come, bebe e folga. *"Mas Deus lhe disse: Louco, esta noite te pedirão a tua alma, e o que tens preparado para quem será? Assim é aquele que para si ajunta tesouros e não é rico para com Deus"* (Lc.12:20-21). O grande desafio do homem é entesourar bens na eternidade, pois é para lá que ele retornará e Deus fez tudo o que deveria e poderia ser feito para que o homem pudesse alcançar essa eternidade. Vale esclarecer que, a parte mais fácil ficou para o homem fazer, ou seja, apenas crer e receber essa preciosa dádiva, mas, para aqueles que recusarem, infelizmente haverá condenação eterna, não porque Deus desejou que fosse assim, mas porque muitos escolhem como opção o caminho errado, que os levarão a um destino certo, o inferno, a solidão eterna, a eterna ausência de Deus. Aqueles que recusarem o amor de Deus deverão experimentar da sua justiça e o seu juízo.

"O temor do Senhor é uma fonte de vida para preservar dos laços da morte" (Pv.14:27).

Desde os tempos mais remotos Deus vem procurando homens que façam a sua vontade, que andem nos seus caminhos e que, sobretudo o temam. Os exemplos que temos nas Escrituras são poucos, considerando as várias épocas, mas ainda assim, o Senhor encontrava alguns homens específicos, como encontrou Abel, Enos, Enoque, Noé, Sem, Jó, Abraão, Isaque, Jacó, José, Moisés, Josué, Samuel, Davi, e nesta galeria mulheres como Raabe, Ester, Rute, Débora, Maria e tantos outros nomes incluindo os profetas e os apóstolos. Mas, o Senhor com toda sua generosidade e misericórdia, sempre desejou que o seu temor alcançasse a todos. Infelizmente encontramos aqui também o obstáculo chamado livre arbítrio, o homem e suas escolhas pessoais, suas vontades próprias e seus egoísmos. Todas às vezes que homens com suas altivezes decidem pelo seu próprio ego as escolhas dos seus próprios caminhos, agem com loucura, do mesmo modo quando se desesperam diante das provações e preterem ao Senhor preferindo as suas néscias decisões, como fez a mulher de Jó quando diz ao seu marido que amaldiçoasse a Deus, por tantos danos provocados em sua vida. Mas o fiel servo do Senhor a repreende e continua temendo ao seu Senhor. Salomão usando da sua sabedoria é inspirado por Deus a dizer: *"O temor do Senhor é o princípio da ciência; os loucos desprezam a sabedoria e a instrução" (Pv.1:7)*. Percebe que são qualificados como loucos aqueles que não observam o temor do Senhor e que desprezam a sua instrução e sabedoria. Em II Tm.3:1-4, Paulo nos adverte de que haveriam dias difíceis no tempo do fim, fala que haverá homens amantes de si mesmos, avarentos, presunçosos, soberbos, blasfemos, desobedientes a pais e mães, ingratos, profanos, sem afeto natural, irreconciliáveis, caluniadores, incontinentes, cruéis, sem amor para com os bons, traidores, obstinados, orgulhosos, homens cheios de sentimentos e atitudes más, mas o sentimento mais grave é o último citado pelo apóstolo: *"... mais amigos dos prazeres do que amigos de Deus" (v.4)*. Observe que neste item está a preferência hedônica do homem em detrimento do temor ao Senhor. É compreensível quando a Palavra de Deus por várias vezes associa o temor do Senhor com o princípio da sabedoria, pois de onde vem essa sabedoria, qual é a fonte da sua ciência, por acaso não é procedente do próprio Deus? Bem aventurado é o homem que entende essa lógica e a pratica em sua vida. Apresento-lhes uma clássica escritura acerca do temor do Senhor que em meio a tantas outras se destaca por sua elucidação *"O temor do Senhor é o princípio da sabedoria, e a ciência do Santo, a prudência" (Pv.9:10).* Não há texto tão claro como este que por associação define bem de onde vem a sabedoria.

Por questões naturais, Deus esperava que o seu relacionamento com o homem fosse eterno e que esse mesmo homem pudesse entender que assim como os galhos, as folhas, as flores e os frutos de uma árvore dependem diretamente do seu tronco, suas raízes e sua seiva e que sem eles jamais ficariam vivos, assim, o homem que se afastasse do Senhor certamente morreria, jamais poderia ter vida. Mas, a história nos mostra que o homem não temeu a Deus e escolheu agir com loucura escolhendo a árvore do conhecimento do bem e do mal e não optando para as outras opções que tinha incluindo a árvore da vida. Quando Deus disse que não comesse do fruto dessa árvore que certamente morreria, não estava blefando, era uma direção incontestável, tão verdadeira que o homem foi afastado da presença de Deus, ou seja, morreu espiritualmente. Não é por acaso que Salomão escreveu: *"O temor do Senhor é uma fonte de vida para preservar dos laços da morte"* *(Pv.14:27).* Todos que observam o temor do Senhor se livram da morte e preservam a sua vida.

É importante lembrar que o homem é inclinado a reivindicar os seus direitos, todas as vezes que é aviltado, agredido ou espoliado, levanta a voz e exige que os seus direitos sejam reconhecidos, mas, e quando se trata dos seus deveres? Será que terá a mesma força, a mesma iniciativa de levantar a voz e declarar que esse é o seu dever? Sem medo de errar, digo que não! Isso jamais acontecerá. Temos dificuldades de praticar qualquer ação que nos exija esforço e labor; é evidente que reconhecer deveres é sinônimo de trabalho e muitas vezes, trabalho árduo principalmente quando nos subjugamos à vontade de outrem e como dever cumprimos a suas ordens. Deus criou o homem e definiram leis, critérios e juízos que seriam as normas básicas para o bom funcionamento de sua vida, Salomão escreveu com precisão sobre esse ponto e disse: *"De tudo o que se tem ouvido, o fim é: Teme a Deus e guarda os seus mandamentos; porque este é o dever de todo homem" (Ec.12:13).* Mas, infelizmente, parece que a maioria dos homens decidiu não crer e nem obedecer a essa regra basilar e tão vital para o bom funcionamento da sua vida escolhendo assim, viver a seu bel prazer não atentando para o fato de que a inobservância desse conselho leva ao caminho de morte e morte eterna.

Evidentemente o bem mais precioso que temos nesse plano terreno é a nossa vida, todo homem passa os dias lutando para sua sobrevivência e todos os seus esforços e empreendimentos são em favor da preservação da sua vida. Hoje em dia, fala-se muito de qualidade de vida e as pessoas vivem em uma corrida frenética buscando melhorar cada vez mais o seu padrão e sua qualidade de vida, temendo que se fizerem o contrário disso ou se não fizerem, poderão não ter condições para uma vida melhor e até por falta de condições virem a perdê-la. Mas, poucos observam um fator interessante: "O Temor do Senhor". Já ouvimos muito falar que todos tem o dia certo para morrer e que ninguém morre fora do tempo. As escrituras contrariam essa ideia, pois embora Deus definisse que a tempo para todo propósito debaixo do sol e um desses tempos é morrer, definiu também que aqueles que o temem podem ficar fora dessa estatística. Mais uma vez Salomão nos surpreende com uma máxima dizendo: *"O temor do Senhor aumenta os dias, mas os anos dos ímpios serão abreviados" (Pv.10:27)*. Percebe como o nosso Deus é sábio, a lógica é que se você teme a Deus certamente não se envolverá em nenhuma demanda ou ação que possa lhe custar a vida, terá sabedoria o suficiente para agir de forma pacífica e até diplomática para que tal demanda não necessite de qualquer ato que possa infringir o temor do Senhor. Por essa razão o ímpio tem os seus dias abreviados, pois, não teme a Deus nem observa seus mandamentos. Sabemos por experiência que o que faz a diferença na vida é agirmos com sabedoria em todas as questões e demandas e nunca com loucura, considerando que o bom entendimento é sempre optar pela paz e a diplomacia; nenhuma questão pode ser bem resolvida se não houver pacificação do entendimento e total compreensão daquilo que se quer fazer. Novamente devemos considerar que aquele que teme a Deus prontamente saberá agir de modo prático e coerente com o bom juízo e nisso acertadamente falou o salmista quando escreveu que: *"O temor do Senhor é o princípio da sabedoria; bom entendimento têm todos os que lhe obedecem; o seu louvor permanece para sempre"* (Sl.111:10).

Insisto em dizer que, não foi sem razão que o pregador formulou um grande texto, com um vasto conteúdo para falar da sabedoria e como está associada ao temor do Senhor, não poderíamos jamais negligenciar essa apreciação a um conselho tão especial e tão pertinente à vida. Portanto convido você caro leitor a degustar essa leitura, se é que podemos usar esse verbo para essa tão nobre ocasião. Vejamos: *"A suprema Sabedoria altissonantemente clama de fora; pelas ruas levanta a sua voz. Nas encruzilhadas, no meio dos tumultos, clama; às entradas das portas e na cidade profere as suas palavras: Até quando, ó néscios, amareis a necedade? E vós, escarnecedores, desejareis o escárnio? <u>E vós, loucos, aborrecereis o conhecimento</u>? Convertei-vos pela minha repreensão; eis que abundantemente derramarei sobre vós meu espírito e vos farei saber as minhas palavras. Mas, porque clamei, e vós recusastes; porque estendi a minha mão, e não houve quem desse atenção; antes, rejeitastes todo o meu conselho e não quisestes a minha repreensão; também* *eu me rirei na vossa perdição e zombarei, vindo o vosso temor, vindo como assolação o vosso temor, e vindo a vossa perdição como tormenta, sobrevindo-vos aperto e angústia.*

Então, a mim clamarão, mas eu não responderei; de madrugada me buscarão, mas não me acharão. Porquanto aborreceram o conhecimento e não preferiram o temor do Senhor; não quiseram o meu conselho e desprezaram toda a minha repreensão. Portanto, comerão do fruto do seu caminho e fartar-se-ão dos seus próprios conselhos. Porque o desvio dos simples os matará, e a prosperidade dos loucos os destruirá. Mas o que me der ouvidos habitará seguramente e estará descansado do temor do mal" (Pv.1:20:33). Nota, como Deus insiste em associar a sabedoria ao seu temor, aos seus mandamentos, ao seu caminho; é evidente que nenhuma assertiva da parte do homem poderá acontecer se não considerar que toda a boa direção e o bom conselho estão relacionados a essa divina fonte de onde vem a luz. Deus jamais vai querer que seus filhos se percam ou que eles se deem mau em qualquer empreendimento, pelo contrário quererá vê-los bem tendo vida com abundância e qualidade, por isso, aconselha-os a atentar para a busca da sabedoria e do entendimento ante a aceitação dos seus mandamentos. *"Filho meu, se aceitares as minhas palavras e esconderes contigo os meus mandamentos, para fazeres atento à sabedoria o teu ouvido, e para inclinares o teu coração ao entendimento, e, se clamares por entendimento, e por inteligência alçares a tua voz, se como a prata a buscares e como a tesouros escondidos a procurares, então, entenderás o temor do Senhor* e *acharás o conhecimento de Deus" (Pv.2:1-5).* Aqueles que temem ao Senhor sabem que devem optar pelos seus conselhos, suas repreensões, seus mandamentos e são esses que saberão como servi-lo e como adorá-lo. Mas há aqueles que insistem no entendimento que pode servir a Deus do seu modo, bem como adorá-lo do seu jeito. Mas, se podemos adorar ou servir a Deus do nosso jeito; e é verdadeiro o argumento que Deus recebe qualquer tipo de adoração, por que ele aceitou o sacrifício de Abel e rejeitou a Caim e o seu sacrifício? Por que Nadabe e Abiú morreram ao oferecer uma adoração que foi considerada estranha? Se for certo fazer a obra de Deus da maneira que quisermos, por que Saul foi reprovado quando ofereceu sacrifício no lugar do profeta Samuel, considerando que ele estava demorando a chegar? Se o que vale é a boa intenção do coração, por que Usá morreu ao tentar segurar a arca da aliança para que não caísse quando fora transportada em uma carroça puxada por animais?

Não devemos nos enganar, embora as atitudes pareçam corretas, temos que considerar que Deus estabeleceu princípios que não podem ser mudados. A adoração a Deus tem que estar de acordo com a sua vontade e seus princípios, e não há lugar definido e específico, veja o caso da mulher samaritana, ela questionou Jesus dizendo: *"Nossos pais adoraram neste monte, e vós dizeis que é em Jerusalém o lugar onde se deve adorar" (Jo.4:20).* Jesus revelou àquela mulher a beira da fonte de Jacó em Samaria, quando questionou sobre o lugar da adoração se em Samaria ou em Israel, respondendo: *"Mas a hora vem, e agora é, em que os verdadeiros adoradores adorarão o Pai em espírito e em verdade, porque o Pai procura a tais que assim o adorem. Deus é Espírito, e importa que os que o adoram o adorem em espírito e em verdade (Jo.4:23-24).* Para Deus, o que devemos fazer é tão importante quanto, como fazer; Ele estabeleceu princípios e regras que definem como fazer a obra para Ele. Tal qual o serviço, assim é a adoração. Foram definidos princípios e Jesus cita dois deles: *"em espírito e em verdade"*.

Prezado leitor, por que fiz questão de redigir um capítulo inteiro para falar do temor do Senhor e da sabedoria? A nossa vida nos foi dada para vivermos para Deus, buscando sempre agradá-lo e observando os seus mandamentos, as suas leis. Infelizmente o homem caído, perdeu também esse temor ao ponto das Escrituras dizerem que todas as cogitações do ímpio são: "não há Deus". Ou seja, o homem sem Deus, não cogita Deus em seus projetos e infelizmente esse homem está indo á passos largos para o inferno e a esperança do Senhor é que ele entenda a necessidade urgente de buscar o socorro em Deus, para que através de Jesus Cristo, alcance a sua misericórdia e o temor do Senhor para salvar a sua alma. Veja o que disse o próprio Jesus: *"E não temais os que matam o corpo e não podem matar a alma; temei, antes,* aquele que *pode fazer perecer no inferno (γεεννα-geenna) a alma e o corpo*" *(Mt. 10:28)*.

Jesus está dizendo a ninguém temais, mas, somente a Deus, pois ele sim, pode lançar no inferno tanto a alma quanto o corpo. A razão deste capítulo é alertar que este temor poderá livrar a sua alma do inferno.

Já conversei com pessoas que se afastaram de Deus, ao serem questionadas sobre seu estilo de vida e serem flagradas em seu pecado, elas dizem naturalmente e sem nenhum temor: "Eu sei que, se morrer agora eu vou para o inferno." E falam isso simplesmente como se o inferno ficasse na sala ao lado com ar condicionado e televisão. Para mim, isso é desesperador! Creio que essa pessoa não sabe com profundidade o que é, e como é o inferno. Ao invés de dizer isso, tal pessoa deveria estar em desespero, entendendo que a sua dificuldade em se arrepender está levando-a a cada dia a passos largos para esse lugar tão tenebroso; deveria estar clamando a Deus que lhe conceda um coração quebrantado capaz de se arrepender, para livrar a sua alma dos laços da morte e da angústia do inferno (*Sheol*) como diz o salmista: *"Laços de morte me cercaram, e angústias do inferno (Sheol) se apoderaram de mim; caí em tribulação e tristeza. Então, invoquei o nome do Senhor, dizendo: Ó Senhor, livra a minha alma!"* *(Sl. 116:3-4)*.

Só o Senhor pode nos livrar de tal situação. E o profundo conhecimento desse lugar sórdido pode gerar em nosso coração a compreensão de jamais desejarmos ir para lá. Por isso, a Palavra de Deus diz que *"o temor do Senhor é uma fonte de vida para preservar dos laços da morte"* *(Pv.14:27)*. Para entendermos bem como é este lugar, basta lembrarmos o desespero do Rico, quando argumenta de todas as maneiras com Abraão, para alertar a sua família a fim de que não fossem para aquele lugar. Querido leitor, todos devem entender que não se deve brincar com esse assunto. Mas, levar a sério cada detalhe e entender que o inferno é terrível e tudo o que temos que fazer é jamais desejar ir para um lugar como aquele. Que haja em todos, o santo temor do Senhor e que o maior desejo do coração do homem seja o céu, a eternidade com Deus.

"E, no Inferno (Αδης hades), ergueu os olhos, estando em tormentos, e viu ao longe Abraão e Lázaro, no seu seio" (Lc.16:23).

Quero abordar este assunto, usando as afirmações que se fazem no mundo sobre ele, apresentando as respostas Bíblicas que trarão elucidação aos fatos. <u>A primeira afirmação</u> é dizerem: **O inferno não existe!** A resposta está clara nas Escrituras. Existe sim! É UM LUGAR REAL; é mencionado várias vezes no Antigo Testamento, nos Evangelhos, nas Cartas e no Apocalipse. Portanto, em toda a Bíblia com todos os realces e informações possíveis, mostrando aos homens que é um lugar terrível e que, sobretudo significa eternidade sem Deus.

A primeira menção da palavra "inferno" que encontramos na Bíblia, está citada claramente no Antigo Testamento e está relacionada com a palavra hebraica שאול **sh'e'owl** ou שאל **sh'eol** - Sheol, mundo inferior (dos mortos), a designação do Antigo Testamento para a morada dos mortos, lugar do qual não há retorno, sem louvor de Deus, lugar para onde os ímpios são enviados para castigo, referindo-se à degradação extrema no pecado. E todas elas se referindo a um lugar existente; entre as referências citadas está Pv.5:5. Neste ponto, Salomão está dizendo: "Filho meu, atende à minha sabedoria; inclina o teu ouvido à minha prudência; para que observes a discrição, e os teus lábios guardem o conhecimento. Porque os lábios da mulher licenciosa destilam mel, e a sua boca é mais macia do que o azeite; mas o seu fim é amargoso como o absinto, agudo como a espada de dois gumes". Depois de toda essa advertência conclui dizendo: *"Os seus pés descem à morte; os seus passos conduzem-na ao inferno (Sheol)" (Pv.5:5).* Percebe que o verbo conduzir está dizendo que será levada de um lugar para outro, ou seja, direcionada a algum lugar. Portanto, essa expressão nos afirma a existência deste lugar tenebroso chamado "inferno".

Na segunda menção encontramos no Novo Testamento a palavra **γεεννα geenna** (de origem grega) "Geena" ou "Geena de fogo" traduz-se como inferno, isto é, o lugar da punição futura. Designava, originalmente, o vale do Hinom, ao sul de Jerusalém, onde o lixo e os animais mortos da cidade eram jogados e queimados. É um símbolo apropriado para descrever o perverso e sua destruição futura.

Na época de Jeremias, o vale de Hinon era chamado de vale da matança, ali era onde o rei Manassés oferecia os seus próprios filhos ao deus pagão Moloque (II Cr.33.6), eles eram incinerados. Na época de Jesus o vale de Hinon era o lixão da cidade de Jerusalém, o que era depositado neste lixão? Semelhante aos lixões de hoje: galhos, comida, materiais orgânicos e pedaços de cadáveres de animais, e de humanos e até cadáveres humanos inteiros que ficavam sendo comidos por bichos. Como se faz para se livrar dos lixos desses lixões? O único método eficaz é a incineração, então o lixo era incinerado. Só que a quantidade de lixo que era jogado no lixão de Jerusalém era tão grande que o fogo nunca se apagava. Jesus quando usa a palavra Geena, estava dizendo que o inferno é como o vale de Hinon onde o fogo nunca se apaga, a ferida nunca cicatriza e o verme não morre. Ou seja, o inferno é o lixão da humanidade, é onde vai ser lançado tudo que é de podre dessa sociedade.

A terceira menção é a palavra **Αδης hades** *(de origem grega)* - Para os gregos, Hades faz referência ao deus das regiões mais baixas, o mundo inferior, o reino da morte. No grego bíblico, está associado com, as regiões infernais, um lugar escuro e sombrio nas profundezas da terra, o receptáculo comum dos espíritos separados do corpo. Geralmente Hades é a residência do perverso, Lc 16.23; Ap. 20.13,14; um lugar muito desagradável. Há aqueles que defendem que não é um lugar existente, mas apenas fictício, pregando que existe apenas na mente das pessoas que querem crer em um Deus perverso e sádico que sente prazer em maltratar a suas criaturas. Outros dizem que não! Essa palavra "hades" refere-se a sepultura e não há um lugar onde as almas perdidas estariam confinadas para o dia do julgamento. Para os que pensam assim e defendem essa tese, cito a palavra do evangelista Mateus, quando narra o que Jesus fala para a cidade de Cafarnaum: *"E tu, Cafarnaum, que te ergues até aos céus, serás abatida até aos infernos (Αδης hades); porque, se em Sodoma tivessem sido feitos os prodígios que em ti se operaram, teria ela permanecido até hoje" (Mt.11:23).* Nota que Jesus não está falando aqui de enterrar ou preparar um sepulcro par a cidade, mas, está falando literalmente do inferno; ao mesmo tempo em que Ele profere esse juízo está também fazendo uma afirmativa com dimensões de elevação e profundidade. O mesmo evangelista Mateus narra também que Jesus quando quis agraciar Pedro por sua afirmativa dizendo que ele era o Cristo o Filho do Deus vivo, proferiu sobre ele estas palavras: *"Pois também eu te digo que tu és Pedro e sobre esta pedra edificarei a minha igreja, e as portas do inferno (Αδης hades) não prevalecerão contra ela" (Mt.16:18).* Percebe que nesse texto, não está falando de sepultura, mas sim, de um lugar, inclusive com portas. O evangelista Lucas que, narra a história do rico e Lázaro elucida bem a afirmativa de que a palavra "hades" não está se referindo a sepulcro, nesse texto ele mostra que o rico estava nesse lugar chamado "hades" ou " inferno" e que dali ele ergue os olhos e vê Lázaro no seio de Abraão. A expressão que lemos em português é: *"E, no inferno (Αδης hades), ergueu os olhos...*" essa expressão quer dizer com toda clareza que ele estava em certo lugar, vendo, ouvindo, questionando e dando sugestões, atitudes que um corpo morto não pode exprimir e nem executar. Portanto, não estava no sepulcro, não se tratava do corpo do rico, que estava no túmulo, mas a sua alma que estava no "hades" ou "inferno". *"E, no inferno (Αδης hades), ergueu os olhos, estando em tormentos, e viu ao longe Abraão e Lázaro, no seu seio" (Lc.16:23).* Analisei acuradamente a palavra "sepulcro" ou "sepultura" que aparece vinte e nove vezes no Novo Testamento com a expressão: **μνημειον** *mnemeion* - objeto visível para preservar ou recordar a memória de alguém ou algo, memorial, monumento, especificamente, um monumento sepulcral, sepulcro ou tumba, a expressão: **ταφος** *taphos* - enterro, túmulo, sepultura e a expressão: **μνημα** *mnema* - monumento ou memorial para perpetuar a memória de alguém ou de alguma coisa, monumento sepulcral, sepulcro ou tumba. Todas elas dando a conotação de um túmulo, uma sepultura, um sepulcro, um memorial daqueles que se escreve nas lápides, cada uma delas, referindo ao sepulcro, tanto por dentro, como por fora, e nenhuma se referindo ao "inferno", mas, literalmente a um lugar onde está depositado um corpo morto. Portanto, "hades" está mais para "inferno" que, para sepultura.

E por fim, a palavra **ταρταροω** *tartaroo* - Tártaro (o abismo mais profundo do inferno); nome da região subterrânea, sombria e escura, considerada pelos antigos gregos como a habitação dos ímpios mortos, onde sofrem punição pelas suas más obras. Essa palavra aparece uma única vez na segunda carta de Pedro referindo aos anjos que foram rebeldes; *"Porque, se Deus não perdoou aos anjos que pecaram, mas, havendo-os lançado no inferno (ταρταροω tartaroo), os entregou às cadeias da escuridão, ficando reservados para o Juízo" (II Pe.2:4)*. Percebe que o apóstolo Pedro está se referindo aos anjos que foram rebeldes, e não conservaram a sua dignidade optando por uma decisão fora da direção de Deus. Esses são mencionados pelo apóstolo Judas juntamente com o povo libertado do Egito que foram rebeldes a Deus, o qual foi destruído no deserto, e complementa dizendo: *"e a anjos , os que não guardaram o seu estado original, mas abandonaram o seu próprio domicílio, ele tem guardado sob trevas, em algemas eternas, para o juízo do grande dia" (Jd.1:6)*. No contexto bíblico, o Tártaro é um lugar de confinamento para esses anjos que pecaram. É descrito como um abismo escuro e profundo, onde são mantidos em prisões até o dia do julgamento final. Ou seja, são aqueles que não preservaram os seus estados originais e abandonaram o seu lugar de residência; esses são os que Deus lançou no "tártaro" ou "inferno". Esse lugar é a parte mais profunda do "inferno" (Αδης hades), onde esses anjos rebeldes estão subjugados em cadeias e trevas até o dia do juízo. Creio que a Bíblia não está falando aqui, dos anjos que caíram seguindo a satanás, pois se assim fosse, não leríamos episódios como: do endemoniado de Gadara (Mt.8:28-34), da possessão de um mudo que Jesus libertara (Mt.9:32-34), do jovem possesso libertado por Jesus e que os discípulos não conseguiram libertar (Mt.17:14-18), da filha da mulher grega de origem siro-fenícia (Mc.6:13), da possessão de Maria Madalena, da qual expelira sete demônios, do homem possesso de demônios dentro da sinagoga (Lc.4:33) e por fim da citação que lemos no Evangelho de Marcos: *"E, tendo chegado a tarde, quando já estava se pondo o sol, trouxeram-lhe todos os que se achavam enfermos e os endemoniados. E toda a cidade se ajuntou à porta. E curou muitos que se achavam enfermos de diversas enfermidades e expulsou muitos demônios, porém não deixava falar os demônios, porque o conheciam"* (Mc.1:32-34). Pois, aqueles demônios foram encerrados em prisões, algemas e estão ali confinados aguardando o dia do juízo, enquanto que estes não estão presos e continuam atuando contra as vidas das pessoas, conforme vemos nas Escrituras.

Jesus associava esse lugar ao lixão de Jerusalém conforme explicado anteriormente. A palavra GEENA é composta por duas palavras hebraicas GE que significa ABISMO e HINNOM. (hebraico גֵיא בֶן-הִנֹּם, transl. *Geh Ben-Hinom*). Essas duas palavras juntas significam o abismo ou VALE DO FILHO DE HINNON. Vimos também as palavras SHEOL (do hebraico) e HADES (do grego) dando o mesmo significado para Inferno e TÁRTARO (do grego), o ponto mais profundo deste ambiente, com a conotação de um lugar literal e existente Portanto, é um lugar real e existe. Jesus fez questão de revelar suas várias características e nos alertar sobre os danos eternos deste lugar.

*"Eu, porém, vos digo que todo aquele que se encolerizar contra seu irmão, será réu de juízo; e quem disser a seu irmão: Raca será réu diante do sinédrio; e quem lhe disser: Tolo será réu do **fogo do inferno** (γεεννα geenna)" (Mt.5:22).*

*"E não temais os que matam o corpo, e não podem matar a alma; temei antes aquele que pode fazer **perecer no inferno** (γεεννα geenna) tanto a alma como o corpo" (Mt.10:28).*

*"Serpentes, raça de víboras! como escapareis da **condenação do inferno** (γεεννα geenna)?" (Mt.23:33).*

*"E, se a tua mão direita te faz tropeçar, corta-a e lança-a de ti; pois te é melhor que se perca um dos teus membros do que vá todo o teu corpo **para o inferno** (γεεννα geenna)" (Mt.5:30).*

Em todas essas referências Jesus usou o termo **(γεεννα geenna)**, pelas razões que já explicamos, fazendo alusão ao lixão de Jerusalém. É interessante atentarmos para o fato de que quando Jesus fez essa alusão, estava pretendendo mostrar para os seus ouvintes não só a ideia comparativa, mas que era um lugar tão real quanto aquele lixão. Tinha a pretensão de provocar nos corações dos seus expectadores, o temor necessário a fim de que eles pudessem mudar suas vidas com o propósito de não irem para um lugar tão sórdido e danoso como aquele. Portanto, essas quatro palavras: Sheol, Hades, Tártaro e Geena, foram traduzidas pela palavra inferno que tem a sua origem do latim (*infernum*), que significa "as profundezas" ou o "mundo inferior". Origina-se da palavra latina pré-cristã (inferus) "lugares baixos" (*infernus*). Está presente em diferentes religiões, mitologias e filosofias, representando a morada dos mortos, e é definido na Bíblia, também como o lugar para onde vão aqueles que preferiram viver sem Cristo e que morreram nessa mesma condição.

Entendemos que a melhor escolha é ficarmos com a transliteração das palavras e não das suas traduções, pois cada uma delas tem a sua contextualização na sua origem e a sua peculiaridade em sua definição. Assim, haverá menos confusão na compreensão dos textos quando as lemos. Mas, o que há de comum entre elas é a presença de muito sofrimento, dor e a ausência de Deus eternamente e isso em caráter irreversível. Ou seja, o inferno existe!

Assim como a palavra céu tem vários termos variantes fazendo alusão ao mesmo lugar, a palavra inferno tem também suas variantes como: fogo eterno, fornalha de fogo, abismo, tormento eterno e trevas exteriores. As referências abaixo mostram cada uma dessas variantes citadas pelos evangelistas Mateus e Lucas.

"Depois ele dirá aos que estiverem à sua esquerda: Afastem-se de mim, vocês que estão debaixo da maldição de Deus! Vão

*para o **fogo eterno**, preparado para o Diabo e os seus anjos!"* (Mt.25:41).

*"Mandará o Filho do Homem os seus anjos, e eles colherão do seu Reino tudo o que causa escândalo e os que cometem iniqüidade. E lançá-los-ão na **fornalha de fogo**; ali, haverá pranto e ranger de dentes" (Mt.13:41-42.*

*"Perguntou-lhe Jesus: Qual é o teu nome? Respondeu ele: Legião, porque tinham entrado nele muitos demônios. Rogavam-lhe que não os mandasse sair para o **abismo"** (Lc.8:30-31).*

*"E irão estes para o **tormento eterno**, mas os justos, para a vida eterna" (Mt.25:46).*

*"E os filhos do Reino serão lançados nas **trevas exteriores**; ali, haverá pranto e ranger de dentes" (Mt.8:12).*

"E tu, Cafarnaum, porventura serás elevada até o céu? Até o inferno (Αδης hades) descerás; porque, se em Sodoma se tivessem operado os milagres que em ti se operaram, teria ela permanecido até hoje" (Mt.11:23).

A segunda afirmação é a respeito da sua localização. **O inferno é aqui na terra, onde há tantos sofrimentos e dor.** Esse é outro engano, pois a Bíblia mostra com grandes evidências, que há três lugares distintos, o céu, a terra e o inferno. Pelas descrições das referências abaixo, fica embaixo da terra. *"Ora, nem no céu, nem sobre a terra, nem debaixo da terra, ninguém podia abrir o livro, nem mesmo olhar para ele"* (Ap.5:3).

"Porque se Deus não poupou a anjos quando pecaram, mas lançou-os no inferno (tártaro), e os entregou aos abismos da escuridão, reservando-os para o juízo;" (II Pe.2:4).

*"...para que ao nome de Jesus se dobre todo joelho dos que estão nos céus, e na terra, e **debaixo da terra**... (Fp.2:10).*

*"No inferno (Αδης hades), **ergueu os olhos**, estando em tormentos, e viu ao longe a Abraão, e a Lázaro no seu seio"* (Lc.16:23).

Todas as referências são claras mostrando que assim como a terra é a nossa habitação, acima dela vemos os céus, o inferno tem sua localização embaixo, portanto não é aqui na terra. É certo que temos aqui muitos tipos de sofrimentos (e isto também foi profetizado por Jesus), mas não é por isso que podemos afirmar que aqui é o inferno, pois conforme a Bíblia ele fica embaixo da terra, não havendo nenhuma comprovação da sua existência na terra.

Provavelmente as pessoas que fazem essas afirmações, são aquelas que passam ou passaram por sofrimentos extremos, pessoas que experimentaram dores que foram além da carne, sofrimentos que possivelmente atingiram em cheio as suas almas. Sabemos que mundo a fora, muitas pessoas tem experimentado tais sofrimentos, tem passado por angústias severas e a maioria delas sem ter esperança de quando sairão desses tormentos. Considerando essas realidades, ainda assim, não podemos concordar que a terra é o lugar onde encontramos o inferno, esses eventos fazem parte do processo da vida. O próprio Jesus disse: *"Tenho-vos dito isso, para que em mim tenhais paz; no mundo tereis aflições, mas tende bom ânimo;*

eu venci o mundo" (Jo.16:33). Jesus disse isso, porque sabia que a igreja experimentaria essa realidade, o que aconteceu exatamente depois da sua partida para o céu. Ela foi duramente perseguida, e antes dela, homens tementes a Deus, como os profetas experimentaram variados tipos de privações, torturas e execuções sumárias. O autor da carta aos hebreus apresentou na galeria dos heróis da fé diversos modus-operandis das ações impetradas pelos carrascos contra aqueles que preferiram andar segundo a vontade de Deus: *"...os quais, pela fé, venceram reinos, praticaram a justiça, alcançaram promessas, fecharam as bocas dos leões, apagaram a força do fogo, escaparam do fio da espada, da fraqueza tiraram forças, na batalha se esforçaram, puseram em fugida os exércitos dos estranhos. As mulheres receberam, pela ressurreição, os seus mortos; uns foram torturados, não aceitando o seu livramento, para alcançarem uma melhor ressurreição; E outros experimentaram escárnios e açoites, e até cadeias e prisões. Foram apedrejados, serrados, tentados, mortos a fio de espada; andaram vestidos de peles de ovelhas e de cabras, desamparados, aflitos e maltratados (homens dos quais o mundo não era digno), errantes pelos desertos, e montes, e pelas covas e cavernas da terra" (Hb.11:33-38)*. Todos esses foram homens que embora soubessem que estavam no caminho certo, agradando a Deus e fazendo a sua vontade, mantinham sua esperança nEle, não se desesperaram da vida e nem por isso pensaram que aquilo era o inferno, que por tantos sofrimentos e aflições, viessem a concluir que o inferno é aqui na terra.

As vezes que ouvi essa afirmativa me soaram aos ouvidos como se a pessoa tivesse exagerando ou que em dado momento ela houvesse perdido a sua fé em Deus, mas, não! Descobri que eram pessoas ignorantes, completamente alienadas de Deus, sem qualquer conhecimento da sua palavra. Pessoas sem esperança alguma que nunca foram instruídas acerca do assunto. E digo mais, não é difícil hoje, encontrar cristãos que creem nessa afirmativa, daqueles que nunca leram a Palavra toda e que seu conhecimento das coisas espirituais é ínfimo, sempre se alimentou do púlpito e das pregações avulsas; como nas igrejas pouco se fala do inferno, seu entendimento fica por conta daquilo que ouve os outros falarem.

Se tomarmos por base os sofrimentos, as aflições, as privações que passamos na vida, para crermos que é aqui na terra onde está o inferno, o que podemos dizer das pessoas que passaram pelas torturas e execuções sumárias pelos nazistas, que viveram as agruras dos campos de concentração? Será que algumas delas não perguntaram onde está Deus? Ou ainda, por que passamos por tantos sofrimentos assim? E quanto aquelas que foram duramente perseguidas pelos diversos ditadores comunistas, as quais foram estupradas, violentadas das mais diversas maneiras, decepadas, queimadas vivas, executadas a tiros, será que essas também não argumentaram o mesmo? Houve episódios de perseguições na China comunista, tão severas que foi registrado o depoimento de uma irmã que no seu testemunho disse: "Nós éramos torturadas tão severamente que éramos envergados como os bambus no inverno". Esse testemunho está registrado no livro: "como bambus no inverno". A Rússia comunista não fez diferente, além de usar os mesmos artifícios, usou outro que a rigor é o mais violento, pois mata lentamente, a fome, através da qual foram exterminados milhares de ucranianos, no chamado "Holodomor". Expressão ucraniana que quer dizer: "morte por fome". Essa palavra é utilizada para descrever a morte de milhões de ucranianos no início dos anos 1930 pela fome calculada e programada pelo Estado soviético, que à época era comandado por Josef Stalin. Nenhuma dessas pessoas tinha em mente que aquilo era o inferno, como se tais horrores respaldasse a tese de que o inferno é aqui na terra. É possível que haja pessoas que fazem comparações como fez Kathleen Sullivan, diretora da Hibakusha Stories, uma organização que compila relatos de sobreviventes das bombas, analisando os efeitos das bombas que foram jogadas em Hiroshima e Nagazaki descreveu o seguinte: "era o inferno". Percebe que não era uma afirmativa dizendo que aquele lugar era o inferno, mas, que aquilo era como o inferno, pela magnitude dos seus efeitos sobre aquelas cidades.

Embora pensemos que tal afirmativa pode ser apenas

uma expressão de alguém que tem passado por severos sofrimentos, não podemos deixar de esclarecer que não é verdade, o inferno não é aqui na terra. Temos a responsabilidade de informar que há três planos distintos criados por Deus: O céu, a terra e o inferno. Devemos dizer que o céu fica acima, a terra é onde estamos e o inferno fica abaixo, mostrar que a Bíblia é categórica quanto a essa verdade: *"...para que ao nome de Jesus se dobre todo joelho dos que estão nos céus, e na terra, e **debaixo da terra...** (Fp.2:10).* Quando Jesus nos conta a história do rico e Lázaro ele nos dá uma dica importante ao dizer que no inferno o rico ergueu os olhos, estando em tormentos e viu ao longe a Abraão e a Lázaro. Ora, se ele ergueu os olhos é porque estava em um plano abaixo deles. Outra referência é quando profere condenação a cidade de Cafarnaum dizendo que ela pensava que seria elevada até o céu enquanto que desceria até o inferno, nos dando a segunda dica do plano onde ele se situa. "embaixo". Portanto, essas afirmações são mais que suficientes para que qualquer um por mais ignorante que seja, compreenda que a terra é a terra e o inferno é o inferno, este está no plano embaixo e aquela no plano meridiano a cima).

"... no inferno (γεεννα-geenna), onde o seu verme não morre, e o fogo não se apaga." (Mc.9:46b).

A terceira afirmação é a respeito da sua temporalidade, eles dizem sem medo de errarem que **Quando morremos, acaba tudo, não existe mais nada além da morte**. Outra afirmativa mentirosa, pois esse lugar é eterno, vemos isso nas expressões abaixo. *"E se a tua mão te fizer tropeçar, corta-a; melhor é entrares na vida aleijado, do que, tendo duas mãos, ires para **o inferno (γεεννα-geenna), para o fogo que nunca se apaga.**" [onde o seu verme não morre, e o fogo nunca se apaga.]* (Mc.9.43-44). *"Ou, se o teu pé te fizer tropeçar, corta-o; melhor é entrares coxo na vida, do que, tendo dois pés, seres lançado **no inferno (γεεννα-geenna) [onde o seu verme não morre, e o fogo nunca se apaga.]**" (Mc.9:45-46).*
"Ou, se o teu olho te fizer tropeçar, lança-o fora; melhor é entrares no reino de Deus com um só olho, do que, tendo dois

*olhos, seres lançado **no inferno (γεεννα-geenna). [onde o seu verme não morre, e o fogo não se apaga]"**(Mc.9:47-48).*

Creio que uma afirmação como esta, serve apenas para mitigar as consciências daqueles que sabendo da sua existência, preferem acreditar que não há qualquer possibilidade de ser um lugar eterno, creem que a extinção total da vida acontece com a morte, trazem sobre suas mentes a tranquilidade de que podem viver na prática do pecado, entendendo que não haverá nenhuma condenação eterna para tal; são pessoas que vivem enganadas pela ignorância religiosa e pelas astutas ciladas de satanás. Por esse motivo várias decisões em suas vidas são tomadas de forma leviana, como por exemplo, aquelas acerca do novo casamento, as quais não lhes causam um mínimo de temor por crerem na teoria da aniquilação total e não na verdade sobre o sofrimento eterno. Indubitavelmente satanás como é habilidoso na arte do engano, aprisiona as mentes dos homens que vivem na impiedade e estes acreditam que tudo o que se pode fazer nesta vida deve ser feito sem se preocupar com a eternidade, porquanto, nada poderá ser feito sobre ele após sua morte por acreditarem que haverá uma aniquilação total da sua vida e não uma condenação eterna como preveem as Escrituras.

Jonathan Edwards, puritano do século XVII, que escreveu sobre a eternidade dos tormentos do inferno, contestando sobre a tese da aniquilação escreveu:

II. A morte eterna com a qual Deus ameaça o Ímpio não é a aniquilação, mas uma justa e permanente punição ou tormento.

A verdade desta proposição será demonstrada pelas seguintes características: Primeiro, a Escritura em toda a parte retrata o castigo dos ímpios como algo que implica dores e sofrimentos extremos. Mas um estado de aniquilação não é um estado de sofrimento. Pessoas aniquiladas não têm nenhum senso ou sentimento de dor ou prazer, e muito menos podem sentir esta punição que carrega em si mesma uma extrema dor ou sofrimento. Eles não sofrem nada mais na eternidade do que já sofreram da eternidade. Segundo, está de acordo tanto com a Escritura quanto com a razão, supor que os ímpios serão punidos de tal forma que estarão conscientes da punição que estão sofrendo: que eles estarão cientes que naquela circunstância Deus executou e cumpriu o que havia ameaçado; ameaça a qual eles desconsideraram e não acreditaram. Eles saberão que a justiça veio sobre eles, que Deus estará reivindicando aquela autoridade a qual eles desprezaram, e que Deus não é um ser tão desprezível quanto eles pensavam que fosse. Enquanto estiverem sob a punição ameaçada, eles estarão conscientes do porquê estão sendo punidos. É sensato que eles estejam conscientes de sua própria culpa, lembrem-se de suas antigas oportunidades e obrigações, e vejam a sua própria loucura e a justiça de Deus. Se a punição ameaçada for a aniquilação eterna, eles nunca saberão que isto é infligido. Eles nunca saberão que Deus é justo em puni-los, ou que eles são merecedores do mesmo. Como pode isto estar de acordo com as Escrituras, em que Deus ameaça que Ele retribuirá o ímpio diretamente Dt.7:10; com Jó.21:19-20: "Deus reserva o castigo para ele, e ele o saberá. Que os seus próprios olhos vejam a sua ruína; que ele mesmo beba da ira do Todo-poderoso!"; e com Ezequiel 22:21-22: "Eu [Deus] os ajuntarei e soprarei sobre

> vocês a minha ira impetuosa, e vocês se derreterão.
> Assim como a prata se derrete numa fornalha, também
> vocês se derreterão dentro dela, e vocês saberão que
> eu, o Senhor, derramei a minha ira sobre vocês?" E
> como pode isto estar de acordo com aquela expressão
> tantas vezes anexada as ameaças da ira de Deus contra
> os ímpios: "E vós sabereis que eu sou o Senhor?"
> (Ez.7:14) (Jonathan Edwards, 1739).

Alguns querendo apresentar uma narrativa contrariando as Escrituras se valem da teologia do Deus amoroso e dizem que Deus jamais faria isso, pregando que por causa do seu infinito amor jamais faria com que suas criaturas perecessem eternamente. Tais pessoas esquecem que, de fato Deus é amor, mas, também é justiça. O tempo todo está dispensando do seu amor mostrando o caminho certo, alertando sobre o pecado e tentando nos livrar das astutas ciladas de satanás. Mas, como já disse antes, as escolhas dos homens muitas vezes impedem o agir de Deus e acabam por decidir suas vidas fora da vontade de Deus, trazendo sobre si mesmo a punição que convém aos seus erros. É correto admitir que Deus não é o culpado pelo resultado das nossas decisões, temos a liberdade de escolher da forma e da maneira que quisermos, mas, veja o que diz as Escrituras: *"Alegra-te, jovem, na tua mocidade, e alegre-se o teu coração nos dias da tua mocidade, e anda pelos caminhos do teu coração e pela vista dos teus olhos; sabe, porém, que por todas essas coisas te trará Deus a juízo"* *(Ec.11:9)*. Haverá um juízo sobre todas as obras dos homens, pois embora haja total liberdade para decidir, mesmo assim, Deus espera que haja temor nos corações dos homens e eles entendam que é dever de todos guardarem os seus mandamentos; Deus trará a juízo toda obra e até tudo o que está encoberto, quer seja bom, quer seja mau. Portanto, ainda que os homens creiam que não haverá nenhuma condenação eterna ela acontecerá como resultado do juízo de Deus sobre os seus pecados.

Meditando sobre o assunto "inferno" e suas implicações, senti um imenso temor ao ver que há tantas pessoas que fazem descaso desse assunto, ao ponto de brincarem com ele fazendo piadas e chacotas, outros escrevem letras de músicas que são cantadas nos palcos da vida sobre os olhares e o coro de milhares de pessoas e muitos que apoiam essas músicas, por serem em outro idioma, nem sabem o que dizem as suas letras. Tomo como exemplo a música da banda AC/DC intitulada: " Highway To Hell" que traduzido é: "Estrada para o Inferno". A sua letra é uma demonstração clara de como os homens ímpios são completamente manipulados pelo inimigo.

<u>Highway To Hell</u> - <u>"Estrada Para o Inferno"</u> - Música: AD/DC

Vivendo fácil, vivendo livre.
Um bilhete para a temporada, numa viagem só de ida
Sem pedir nada, me deixe em paz
Pegando tudo em meu caminho
Não preciso de razão, não preciso de rima
Não tem nada que eu prefira fazer
Descendo, hora da festa
Meus amigos vão estar lá também

Estou na estrada para o inferno
Na estrada para o inferno
Estrada para o Inferno
Estou na estrada para o inferno

Sem sinais de "pare", sem limites de velocidade
Ninguém vai me fazer reduzir a velocidade
Como uma roda, vou rodar
Ninguém vai me sacanear
Ei Satã, paguei minhas dívidas
Tocando em uma banda de rock
Ei mamãe, olhe para mim
Estou no meu caminho para a terra prometida

Estou na estrada para o inferno
Estrada para o Inferno
Na estrada para o inferno
Estou na estrada para o inferno

Não me pare

Estou na estrada para o inferno
Estou na estrada para o inferno
Estou na estrada para o inferno
Na estrada para o inferno
Estrada do inferno
Estou na estrada para o inferno
Na estrada para o inferno
Estou na estrada para o inferno

E eu vou descer até o final
Estou na estrada para o inferno

Alguns podem dizer: Mas é apenas uma letra inocente, será que seu autor não estava apenas poetizando, sem pretensão de estar fazendo qualquer apologia a respeito do assunto? Não creio! Essa banda tem na sua discografia várias músicas com esse tema e outros como: Hells Bells - "Sinos do inferno", Demone Fire - "Fogo demoníaco", Hell Ain't A Bad Place To Be - "O Inferno não é um Lugar ruim para estar", Hell Or High Water - "Inferno ou Água Alta" etc. O próprio nome da banda sugestivamente significa: AC/DC que para os entendidos do Rock seria uma referência a sigla de corrente alternada AC (**alternating current**) e corrente contínua DC (**direct current**), fazendo uma alusão a poder, força, eletricidade, sendo que na verdade esconde uma frase pretenciosa dos desígnios de satanás que significa: Antechist! die Chist - " Anticristo! morra Cristo. Outra banda com a mesma nuance, **Kiss** é uma banda de hard rock dos Estados Unidos, formada em Nova Iorque em 1973 por Paul Stanley e Gene Simmons. Conhecida mundialmente por suas maquiagens, e por seus concertos que incluem guitarras esfumaçantes, cuspir fogo e sangue, pirotecnias e outros efeitos. Embora a história mostra que o nome foi dado a banda porque os integrantes queriam um nome simples de fácil expressão, sabe-se que há por trás outro significado: KISS - Knights in the servide or satan "Cavaleiros a serviço de satanás". Para definir o figurino da banda, seus integrantes mesclaram elementos de super-heróis em quadrinhos com personagens do teatro japonês. Usando botas com saltos enormes, tornaram-se então: "The Starchild" (Paul Stanley), "The Demon" (Gene Simmons), "Space Man" (Ace Frehley) e "The Catman" (Peter Criss). Entre esses personagens, destaca-se o do Guitarrista e vocalista Gene Simmons (The Demon) ou "o demônio. Fazendo coro com essas bandas satânicas está a banda Black Shabbath, Iron Maide, Led Zeppelin, The Roling Stones e no Brasil a banda Sepultura e Titãs, todas elas voltadas para temas sórdidos com letras, nomes sugestivos, figurinos e performances de palco que promovem literalmente o inferno.

Voltando a falar da banda AC/DC notamos que não há nas suas letras, nenhuma inocência ou despretensão por parte dos seus idealizadores, mas certa avidez em contradizer a Deus, preterir o reino de Deus e promover as pretensões de satanás. A história registrou a morte do seu vocalista chamado: Bon Scott, o qual faleceu em 19 de fevereiro de 1980 após uma noite de bebedeira, sofreu uma overdose. Nos jornais da época foi também noticiado que o músico teria se sufocado com o próprio vômito. In felizmente esse homem, se não acertou a sua vida com Deus, se arrependendo dos seus pecados, provará com a própria vida o oposto daquilo que tanto cantou em sua música: Hell Ain't A Bad Place To Be - "O Inferno não é um Lugar ruim para estar". Que Deus nos dê todos os dias o seu santo temor, para crermos que o inferno é um lugar existente, é um lugar real e com sofrimento eterno. Que jamais deixemos de considerar a sua existência e todas as implicações inerentes a sua realidade. Devemos sim! Viver todos os dias administrando a nossa salvação com temor e tremor como disse o apóstolo Paulo, buscando em tudo agradar a Deus fazendo a sua vontade para não sermos arrolados entre aqueles que Jesus diz que não entrarão no reino do céu: *"Nem todo o que me diz: Senhor, Senhor! entrará no Reino dos céus, mas aquele que faz a vontade de meu Pai, que está nos céus" (Mt.7:21).*

Devemos entender que Jesus se preocupou tanto com a nossa eternidade que trouxe a baila um assunto que pouco se falou em tempos anteriores ao seu nascimento. Ele deu total relevância por divulgá-lo e nos informar sobre suas implicações porque o conhecia e sabia que não seria o lugar ideal para passarmos a eternidade. Ele que veio exatamente para que o homem fosse resgatado da condição que herdara de Adão: A escravidão do pecado e do diabo e da ausência do Pai; revela-nos com total clareza que de fato é um lugar tenebroso, ao ponto de dizer: *"E se a tua mão te fizer tropeçar, corta-a; melhor é entrares na vida aleijado, do que, tendo duas mãos, ires para o inferno (γεεννα-geenna), para o fogo que nunca se apaga." [onde o seu verme não morre, e o fogo nunca se apaga.] ("Ou, se o teu pé te fizer tropeçar, corta-o; melhor é entrares coxo na vida, do que, tendo dois pés, seres lançado no inferno (γεεννα-geenna). [onde o seu verme não morre, e o fogo nunca se apaga.]" "Ou, se o teu olho te fizer tropeçar, lança-o fora; melhor é entrares no reino de Deus com um só olho, do que, tendo dois olhos, seres lançado no inferno (γεεννα-geenna).[onde o seu verme não morre, e o fogo nunca se apaga"* (Mc.9:43-48). Ou seja, a lógica que Jesus aplica é que se for necessário amputarmos qualquer um desses membros do corpo se eles nos fizerem tropeçar, devemos fazê-lo, a fim de que não percamos a nossa salvação indo para o inferno. E aqui Jesus quando usa a expressão: *"... onde o seu verme não morre, e o fogo nunca se apaga"*, está descrevendo literalmente o caráter eterno deste lugar ao mesmo tempo em que mostra que é um lugar de sofrimento. O que veremos no próximo capítulo.

"E a fumaça do seu tormento sobe para todo o sempre; e não têm descanso, nem de dia nem de noite, os que adoram a besta e a sua imagem e aquele que receber o sinal do seu nome" (Ap.14:11).

A quarta afirmação é talvez a de maior alento, dizem: **Após a morte é só descanso, pois tudo que o homem tinha de sofrer, já sofreu aqui.** Mais outra mentira de satanás; quando Jesus relata sobre este lugar é categórico ao dizer que será um lugar de sofrimento eterno. Será de fato um lugar de muitos horrores, pois além de ser um lugar eterno, terá também essa terrível característica. É comum ouvirmos as pessoas quando falam de seus entes queridos mortos dizerem que "descansaram". Em alguns desses casos, sabemos que tais pessoas morreram em suas impiedades e que para elas, não haverá descanso, mas seus sofrimentos só começaram, pois se morreram sem terem consertado suas vidas com Deus, sem terem Jesus como Senhor de suas vidas, fatalmente morreram condenados e quanto aos sofrimentos deste lugar chamado inferno, basta que observemos as expressões: **"choro e ranger de dentes"**. As Quais estão evidentes nas referências seguintes: *"Mandará o Filho do homem os seus anjos, e eles ajuntarão do seu reino todos os que servem de tropeço, e os que praticam a iniquidade, e lançá-los-ão na fornalha de fogo; **ali haverá choro e ranger de dentes"*** *(Mt.13:41-42).*

*"Assim será no fim do mundo: sairão os anjos, e separarão os maus dentre os justos, e lançá-los-ão na fornalha de fogo; **ali haverá choro e ranger de dentes"*** *(Mt.13:49-50).*

Não adianta as pessoas proferirem palavras doces e consoladoras, referindo-se àqueles que morreram sem Cristo, tentando com isso mitigar as dores dos entes queridos vivos, pois este lugar é real com todas essas características.

Percebemos que no mundo atual, principalmente, as pessoas não vivem preocupadas com a eternidade, concentram suas vidas nos seus afazeres, focam no trabalho, no profissionalismo, em seus estudos, mas não pensam que um dia irão morrer. Jesus no conteúdo da sua pregação fez questão de alertar a todos, sobre a preocupação exacerbada desta vida, alertou para o fato de que nenhum de nós tem o controle total da vida e que haverá o dia em que expiraremos, sairemos deste mundo e iremos para o além. E aqui teremos duas opções, uma eternidade com Deus ou sem Deus, e o que definirá cada uma delas é exatamente o que fizemos em vida. Jesus foi o pregador nas Escrituras que mais falou sobre o inferno, que mais alertou acerca dos cuidados desta vida e das nossas atitudes com relação ao Reino de Deus. Falou dos dois caminhos, da árvore e seus frutos, das cidades impenitentes, do trigo e do joio, do tesouro escondido, a ilustração da rede lançada ao mar, do servo sem misericórdia com o seu conservo, dos lavradores desonestos, do rei que celebrou as bodas do filho e convidou seus amigos que recusaram, da parábola das dez virgens, da parábola do filho pródigo, do homem que achou a pérola que queria e vendeu tudo para adquiri-la, e por fim falou dos sinais do fim, e da sua vinda. Todas essas falas, e advertências, foi com a preocupação de alertar os homens sobre a eternidade. A história registrou o descaso que muitos fizeram e alguns até zombaram e o rejeitaram não dando crédito a sua pregação, embora fosse uma pregação cheia de amor e de cuidados para com eles. Caro leitor, será que Deus deixará isso impune? É certo que não! Por isso temos a clássica Escritura que diz: *"Porque Deus amou o mundo de tal maneira que deu o seu filho unigênito para que todo aquele que nele crer não pereça, mas tenha a vida eterna"* *(Jo.3:16)*. Uma fala embebida de amor intenso, pois nela está contido não só a manifestação do filho de Deus, mas todo o sofrimento que deveria passar a fim de resgatar as almas perdidas (está incluso aqui o alto preço). E o amor que dá ao homem a liberdade de escolher, vemos esse amor na expressão "todo aquele que nele crer", não está escrito "... deu o seu filho e exigiu que todos devem crer...". Não! O Senhor quis que o homem fizesse a sua escolha. Mas deixou-o sabedor de que haverá um juízo, onde todos prestarão contas das suas obras e é nesse contexto que está o resultado, se de fato a pessoa que partiu para o além descansou ou não e para melhor elucidação faço questão que meditemos na fala de Jesus sobre o julgamento final escrito no Evangelho segundo Mateus:

"E, quando o Filho do Homem vier em sua glória, e todos os santos anjos, com ele, então, se assentará no trono da sua glória; e todas as nações serão reunidas diante dele, e apartará uns dos outros, como o pastor apartam dos bodes as ovelhas. E porá as ovelhas à sua direita, mas os bodes à esquerda. Então, dirá o Rei aos que estiverem à sua direita: Vinde benditos de meu Pai, possuí por herança o Reino que vos está preparado desde a fundação do mundo; porque tive fome, e destes-me de comer; tive sede, e destes-me de beber; era estrangeiro, e hospedastes-me; estava nu, e vestistes-me; adoeci, e visitastes-me; estive na prisão, e fostes ver-me. Então, os justos lhe responderão, dizendo: Senhor, quando te vimos com fome e te demos de comer? Ou com sede e te demos de beber? E, quando te vimos estrangeiro e te hospedamos? Ou nu e te vestimos? E, quando te vimos enfermo ou na prisão e fomos ver-te? E, respondendo o Rei, lhes dirá: Em verdade vos digo que, quando o fizestes a um destes meus pequeninos irmãos, a mim o fizestes.

Então, dirá também aos que estiverem à sua esquerda: Apartai-vos de mim, malditos, para o fogo eterno, preparado para o diabo e seus anjos; porque tive fome, e não me destes de comer; tive sede, e não me destes de beber; sendo estrangeiro, não me recolhestes; estando nu, não me vestistes; e estando enfermo e na prisão, não me visitastes. Então, eles também lhe responderão, dizendo: Senhor, quando te vimos com fome, ou com sede, ou estrangeiro, ou nu, ou enfermo, ou na prisão e não te servimos? Então, lhes responderá, dizendo: Em verdade vos digo que, quando a um destes pequeninos o não fizestes, não o fizestes a mim" (Mt.25:31-45).

Nesse contexto Jesus está relacionando o julgamento de Deus com as obras dos homens lembrando-os que, qualquer caridade que fizeram para seu próximo, na verdade estava fazendo para ele (Jesus) e por fim dá a sua sentença dizendo: *"E irão estes para o tormento eterno, mas os justos, para a vida eterna" (Mt.25:46).*

Preciso explicar que Jesus não está pregando que a salvação é pelas obras, mas está aplicando o que as Escrituras dizem na carta de Paulo aos Efésios: *"Porque pela graça sois salvos, por meio da fé; e isso não vem de vós; é dom de Deus. Não vem das obras, para que ninguém se glorie. Porque somos feitura sua, criados em Cristo Jesus para as boas obras,* as quais Deus preparou para que andássemos nelas" *(Ef.2:8-10).* Percebe que Deus não está julgando somente pelas obras, mas primeiramente pela recusa da fé em Cristo daqueles que escolheram o caminho largo, daqueles que não observaram Jo.3:16 e depois não praticaram as obras as quais Deus preparou para que as fizessem. Podemos considerar também, o que disse o apóstolo Tiago quando diz que a fé sem as obras é morta. Ou seja, uma fé que apenas crer, mas não se concretiza com obras, não se sustenta. Portanto, baseado em fatos como esses, podemos apoiar a tese de que não necessariamente quem morreu descansou ou que a morte é o descanso da vida. Todas as advertências de Jesus apontavam para o fato incontestável que, o descanso ou o sofrimento eterno dependeria exclusivamente da aceitação ou não da fé nEle, concedida pela graça de Deus. E por essa fé praticar as boas obras que Ele (Deus) nos preparou. O apóstolo Paulo joga luz sobre o tema e nos elucida quando diz: *"Porque a graça de Deus se há manifestado trazendo salvação a todos os homens, ensinando-nos que, renunciando à impiedade e às concupiscências mundanas, vivamos neste presente século sóbria, justa e piamente, aguardando a bem-aventurada esperança e o aparecimento da glória do grande Deus e nosso Senhor Jesus Cristo, o qual se deu a si mesmo por nós, para nos remir de toda iniquidade e purificar para si um povo seu especial, zeloso de boas obras"* *(Tt.2:11-14).* Veja que só as boas obras não salvam, mas, faz parte do conteúdo da fé manifestada pela graça que salva. E quanto a essa graça, cito a definição de Charles Spugeon - pregador Batista Reformado, nascido em Kelvedon, Essex na Inglaterra, o qual lança luz sobre esse favor divino e afirma que no coração do homem só pode haver algo de bom se implantado por essa Divina Graça. Em seu sermão compilado no eBook "SALVAÇÃO PELA GRAÇA" pelo projeto O Estandarte de Cristo, ele diz:

"... nós somos salvos pela graça, por uma questão de operação Divina. Desde o primeiro santo desejo na alma, até o último grito de vitória na hora da morte, a salvação é pela operação do Todo – Poderoso. Tudo o que em vocês não é operado, pela graça de Deus, será um prejuízo, não uma bênção, para vocês. Se algum de vocês tem uma fé, ou um arrependimento, ou qualquer condição de coração ou a vida que é de sua própria criação, livre – se deles, pois não há nada de bom neles! Essa chamada fé que não é o dom de Deus, na verdade não passa de presunção – e o arrependimento que não é tristeza piedosa operada por Deus na alma, precisa se arrepender! Tenho certeza de que tudo o que há de bom em qualquer santo deve ter sido colocado lá pelo Espírito Santo, pois não teria surgido de si mesmo. No coração humano, naturalmente crescem ervas daninhas, mas não aquelas exóticas e raras, aquelas flores do Céu, as Graças Cristãs! Estas devem ser divinamente implantadas e nutridas, e crescerem inteiramente pelo exercício dessa mesma Onipotência que ressuscitou Cristo dentre os mortos! Vou ainda mais longe e digo que, se a Graça Divina deve levar – nos cada centímetro da estrada para o céu, caso isso não aconteça em um, estaremos perdidos por causa desse último centímetro! Se, no edifício da salvação da nossa alma, existe somente uma pedra deixada para nós a colocarmos em seu lugar, sem ajuda da graça de Deus, aquele edifício nunca será concluído! Do princípio ao fim, tudo deve ser pela Graça. Concordo com o maior doutrinalista sobre este ponto, que não há, e não pode haver uma coisa boa no coração de qualquer homem, se não foi operado Nele pela Graça Soberana de Deus". (Charles Haddon Spurgeon, 1739).

Esse descanso, só poderá ser alcançado pela salvação em Cristo, a qual nos é dada pela graça de Deus mediante a fé, a qual é dom de Deus, e se não for por ela tudo o mais é mera presunção. Então se conclui que, tudo é pela graça e não haverá nenhum descanso real sem que haja a operação da salvação em Cristo e todos os que morrerem sem essa graça não estarão descansando na eternidade, mas, sim, estarão atormentados eternamente.

"Então dirá também aos que estiverem à sua esquerda: Apartai- vos de mim, malditos, <u>para o fogo eterno, preparado para o Diabo e seus anjos</u>" (Mt.25:41).

<u>A quinta afirmação</u> é aquela que apela para o amor de Deus, esta é a maior peça de engano de satanás, levar as pessoas a argumentarem sobre o amor de Deus. **<u>Se Deus é amor, porque então ele criou o inferno para condenar os homens?</u>** Essa argumentação, além de ser capciosa e mentirosa é caluniosa, pois Deus não criou esse lugar para os homens, os que vão para esse lugar vão porque confiaram mais em satanás do que em Deus. Nota que a Bíblia nos diz: *"No princípio criou Deus os céus e a terra" (Gn.1:1).* Aqui não há menção do inferno. Não foi feito para o homem, mas foi criado depois para o diabo e seus anjos. *"Então dirá também aos que*

estiverem à sua esquerda: Apartai- vos de mim, malditos, para o fogo eterno, preparado para o Diabo e seus anjos" *(Mt.25:41).* Por causa da satisfação própria, as pessoas preferem a inclinação da carne e as sugestões de satanás, do que o que está escrito na Palavra de Deus; é certo que tais pessoas estão preocupadas mais com a felicidade do que com a santidade, e a Bíblia diz que: *sem santificação ninguém verá o Senhor!* Não é sem felicidade, mas sem santidade. A felicidade é algo que buscamos para agradar a nós mesmos, mas, a santidade buscamos para agradar ao Senhor. A verdadeira santidade é esta, onde Paulo diz: *"Oferecei agora os vossos membros para servirem à justiça para a santificação" (Rm 6.19).* Watchman Nee em seu livro "A VIDA CRISTÃ NORMAL" define a santidade iniciando com uma argumentação:

> "O que é a santidade? Muitas pessoas pensam que nos tornamos santos pela extirpação de alguma coisa má dentro de nós. Não, tornamo-nos santos desde que sejamos separados para Deus. Nos tempos do Antigo Testamento o homem escolhido para ser inteiramente de Deus era publicamente ungido com azeite, e dizia-se então estar "santificado". Daí em diante era considerado como posto à parte para Deus. De igual modo, os animais e até as coisas - um cordeiro ou o ouro do templo — podiam ser santificados, não pela extirpação de alguma coisa má neles, mas sendo assim reservado exclusivamente para o Senhor. "A santidade", no sentido hebraico, significava, pois, "posto à parte", e toda verdadeira santidade é

santidade ao Senhor (Êx.28-36). Dou-me inteiramente a Cristo: isto é santidade".(Watchman Nee, 1989).

Portanto, sem medo de errar podemos afirmar que o homem vai para o inferno, porque escolheu esquecer-se de Deus, não se separou para Deus, escolheu a felicidade a qualquer preço e rejeitou a santidade.

Obviamente Deus não deixará impunes os pecadores que voluntariamente rejeitaram a sua graça, preferiram viver uma vida mundana, cheia de prazeres e orgias, não aceitaram a obra redentora de Cristo Jesus para serem salvos, recusaram o sangue da graça, os quais em alguns casos até blasfemaram contra Deus e declaram de viva voz sua simpatia pelo diabo. Esse será lançado fora, não estará arrolado entre aqueles que pertencerão ao Reino de Deus, e estará entre aqueles que não se lembraram de Deus em toda a sua vida.

Vejam o que diz o salmista: *"Os ímpios irão para o inferno (Sheol), sim, todas as nações que se esquecem de Deus" (Sl.9:17).*

Jonathan Edwards (citado anteriormente), em seu sermão "A Eternidade dos Tormentos do Inferno" Pregado em abril de 1739 disse:

"Não é Contrário às Perfeições Divinas Punir os Ímpios Com Um Castigo Que é Absolutamente Eterno. Esta é a soma das objeções que geralmente são feitas contra esta doutrina: ela é inconsistente com a justiça e, especialmente, com a misericórdia de Deus. E alguns dizem que se ela for terminantemente justa, ainda assim, como podemos supor que um Deus misericordioso pode eternamente suportar o tormento de suas criaturas? Primeiro, irei mostrar rapidamente que não é incompatível com a justiça de Deus infligir um castigo eterno. Para evidenciar isso, vou usar apenas um argumento: o pecado é abominável o suficiente para merecer tal punição, e tal punição não é nada mais do que proporcional ao mal ou a culpa pelo pecado. Se o mal do pecado for infinito, como a punição o é, então é evidente que a punição não é mais do que proporcional ao pecado punido, e não é nada mais do que o que o pecado merece. E se a obrigação de amar, honrar e obedecer a Deus for infinita, então o pecado, que é a violação dessa obrigação, é a violação de uma obrigação infinita e, portanto é um mal infinito. Novamente, se Deus for infinitamente digno de amor, honra e obediência, então nossa obrigação de amar, honrar e obedecer-lhe é infinitamente grande de modo que, Deus sendo infinitamente glorioso ou infinitamente digno de nosso amor, honra e obediência, a nossa obrigação de amar, honrar e obedecer-lhe (e assim evitar todo o pecado) é infinitamente grande. Novamente, sendo a nossa obrigação amar, honrar e obedecer a Deus infinitamente grande, o pecado é a violação de uma obrigação infinita, e assim é um mal infinito. E mais uma vez, sendo o pecado um mal infinito, ele merece um castigo infinito. Um castigo infinito não é nada mais do que o que ele merece. Portanto tal punição é justa; que era o que deveria ser provado. Não há como fugir da força deste raciocínio, a não ser negando que Deus, o soberano do universo, é infinitamente glorioso, o que eu presumo que nenhum de meus ouvintes vai se aventurar a fazer." (Jonathan Edwards, 1739).

Pois é, caro leitor! Essa é a grande realidade, não adianta se valer do fato de que Deus é amor e com isso não irá penalizar qualquer que violar os seus mandamentos, pois esse mesmo Deus que é amor é também justiça, ao tempo em que a sua santidade é ofendida, a sua justiça pede a punição. Por ser misericordioso, o Senhor vai sempre investir no arrependimento do pecador, para que esse não se perca. Vemos esse investimento de Deus nas palavras de Pedro: *"O Senhor não retarda a sua promessa, ainda que alguns a têm por tardia; mas é longânimo para convosco, não querendo que alguns se percam, senão que todos venham a arrepender-se" (II Pe.3:9).* Paulo quando fala aos romanos diz: *"Ou desprezas tu as riquezas da sua benignidade, e paciência, e longanimidade, ignorando que a benignidade de Deus te leva ao arrependimento?" (Rm.2:4).* Por isso, é imperativo que vivamos de forma justa e piedosa, entendendo que o mesmo Deus que está pronto para conceder salvação aos que se arrependem e galardão para aqueles que investem em sua obra, dará também para o ímpio pecador, a parte que lhe cabe no inferno que também terá a sua consumação no **lago de fogo.** *"E a morte e o inferno (Αδης hades) foram lançados no lago de fogo. Esta é a segunda morte" (Ap.20:14).*

Para justificar as suas más obras, alguns se valem da prerrogativa que, Deus por ser um Deus amoroso, não seria capaz de permitir que suas criaturas sofressem eternamente, não seria tão mau ao ponto de ter criado um lugar tão tenebroso para encerrar ali, as almas dos homens. Com certeza esse não é o desejo de Deus, como Pai ele espera que todos cheguem ao arrependimento e busquem andar em seus caminhos observando e praticando a sua santa Palavra. Indubitavelmente não criou o inferno para os homens, mas, para o diabo e seus anjos. Isso está muito claro nas escrituras: Os homens que vão para o inferno, vão porque optaram por fazer a vontade de satanás e não a vontade de Deus. Todos deveriam viver suas vidas todos os dias incluindo em seus pensamentos a lembrança da existência deste lugar, e terem o temor suficiente para não praticar nada que os levem para lá. Satanás já sabe do seu fim, e sabe também que tem pouco tempo, então, faz seus planos, estabelecem seus projetos e suas artimanhas induzindo os homens ímpios, a fim de que eles não se voltem para Deus, levando-os a preferirem a porta larga e o caminho espaçoso não revelando a eles o fim que terão. Infelizmente esses só descobrirão quando for tarde demais. Ao lermos a história do rico e Lázaro, percebemos a angústia e aflição do rico quando descobriu onde estava; a Bíblia diz: *"E, no inferno (Αδης hades), ergueu os olhos, estando em tormentos, e viu ao longe Abraão e Lázaro, no seu seio. E, clamando, disse: Abraão, meu pai, tem misericórdia de mim e manda a Lázaro que molhe na água a ponta do seu dedo e me refresque a língua, porque estou atormentado nesta chama"* (Lc.16:23-24). Lucas registra que o rico estava em tormentos naquele lugar onde havia chamas, e essa é uma prova cabal, como já dissemos anteriormente, de que é de fato um lugar de sofrimentos. Quando falo que todos deveriam pensar neste lugar diariamente, meditar nas consequências das suas práticas e buscar o temor do Senhor, para viver uma vida piedosa a fim de não irem para esse lugar, é porque entendo que é terrível, pois existe, é real, é eterno e é um lugar de tormentos. O que tenho visto é o contrário, as pessoas vivendo como se esse lugar tenebroso não existisse, pessoas que não atentam para a beleza do Evangelho de Cristo, que transforma suas vidas, e anuncia o governo de Deus sobre elas, ou seja, ele é a única esperança que temos para alcançarmos a vida na eternidade. Paulo sabia disso e declarou que não sentia vergonha, mas, pregava com ousadia todos os dias anunciando a todos. *"Porque não me envergonho do evangelho de Cristo, <u>pois é o poder de Deus para salvação de todo aquele que crê</u>, primeiro do judeu e também do grego" (Rm.1:16).*

Abraão responde ao rico que ele havia recebido bens em toda sua vida, e que Lázaro só males, e que naquele momento Lázaro era consolado, pois estava no descanso de Deus e ele atormentado. Essas palavras de Abraão para o rico respalda o que disse anteriormente, as pessoas vivem em sua zona de conforto usufruindo das benécias da vida e se esquecem de Deus e da generosa oferta do Evangelho de Cristo. Satanás consegue um feito primoroso sobre suas vidas a fim de que o Evangelho não os alcance. Paulo diz: *"Mas, se ainda o nosso evangelho está encoberto, para os que se perdem está encoberto, nos quais o deus deste século cegou os entendimentos dos incrédulos, <u>para que não</u>*

lhes resplandeça a luz do evangelho da glória de Cristo, que é a imagem de Deus" (II Co.4:3-4). Com base nas palavras de Paulo esse rico mencionado por Jesus ficou cego por causa das suas riquezas e não atentou para o mais importante, a sua eternidade. Mas, veja que ao certificar-se da existência do inferno, ainda se lembra dos seus familiares e faz um pedido a Abraão: *"E disse ele: Rogo-te, pois, ó pai, que o mandes à casa de meu pai, pois tenho cinco irmãos, para que lhes dê testemunho, a fim de que não venham também para este lugar de tormento" (Lc.16:27-28).* Caro leitor, percebe que esse é o clássico caso da descoberta tarde demais, o rico descobre essa realidade, lembra-se dos seus e implora que eles pudessem ter a chance de serem avisados. Isso é o que acontece e acontecerá com a maioria que não crer, não considera e até desdenha da realidade da existência do inferno, só vão descobrir depois que estiverem lá e então será tarde demais. Abraão responde ao rico que eles tinham Moisés e os profetas, ou seja, não faltou quem os advertissem e motivassem a seguir o caminho do Senhor, repito, tiveram a sua liberdade de escolha. Mas, o rico por ter se deparado com uma realidade tão penosa e na ânsia de salvar o seus familiares insiste: *"E disse ele: Não, Abraão, meu pai; mas, se algum dos mortos fosse ter com eles, arrepender-se-iam" (Lc.16:30).* Havia em seu coração um certo desespero, apelou para todos os recursos, inclusive uma mensagem enviada por alguém que já havia morrido. Sem dúvida, Abraão jamais iria satisfazê-lo, pois, Deus não permitiria isso, é contrário ao que já havia ensinado proibindo a consulta aos mortos e Abraão sabia que não acreditariam. Basta lembrarmos que várias pessoas nos nossos dias dizem que foram arrebatados e foram ao inferno, recebeu de Deus a incumbência de alertar seus contemporâneos a respeito daquele lugar, vários livros foram escritos relatando esses fatos, testemunhos e depoimentos variados que podem ser vistos nas redes sociais e todos continuam desacreditando, uns por incredulidade mesmo e outros por não dar crédito aos testemunhos porque não tem certeza se de fato são verdadeiros. Por que isso acontece? A resposta está nas palavras de Abraão quando diz ao rico: *"Porém Abraão lhe disse: Se não ouvem a Moisés e aos Profetas, tampouco acreditarão, ainda que algum dos mortos ressuscite"* *(Lc.16:31)*.

Devemos entender que não há revelação maior do que aquela que Deus deixou escrita, Jesus falou insistentemente sobre o inferno, mostrou que de fato existe, falou do sofrimento que há naquele lugar, falou da sua eternidade e ainda realçou que não fora criado para os homens, mas, para o diabo e os demônios. *"... Apartai- vos de mim, malditos, para o fogo eterno, preparado para o Diabo e seus anjos"* *(Mt.25:41b)*.

"mas o Altíssimo não habita em templos feitos por mãos de homens, como diz o profeta: <u>O céu é o meu trono,</u> e a terra, o estrado dos meus pés. Que casa me edificareis, diz o Senhor, ou qual é o lugar do meu repouso?" (At. 7:48-49).

A palavra CÉU no original grego é OURANOS, com significado abrangente desde atmosfera, firmamento, lugar onde estão as nuvens, até lugar onde Deus e os anjos habitam. Sua definição na língua grega abrange os termos: espaço arqueado do firmamento com todas as coisas nele visíveis, universo, mundo, atmosfera ou firmamento, região onde estão as nuvens e se formam as tempestades, e onde o trovão e relâmpago são produzidos, os céus siderais ou estrelados, região acima dos céus siderais, a sede da ordem das coisas eternas e consumadamente perfeitas, lugar onde Deus e outras criaturas celestes habitam. É mostrado nas Escrituras com terminologias como: paraíso, seio de Abraão, descanso eterno, habitação de Deus, Reino eterno, Reino de Deus, Reino de Cristo etc... é mencionado na bíblia 495 vezes: 26 vezes no Evangelho de Mateus, 16 vezes no Evangelho de Marcos, 31 vezes no Evangelho de Lucas, e 17 vezes no Evangelho de João e 52 vezes no livro do Apocalipse. Todos os capítulos do apocalipse exceto o 1 e o 2, mencionam o céu.

A primeira informação que temos está no livro do Gênese, registrando que incluindo a terra a primeira criação de Deus foram os céus. Essa expressão define a palavra céus com a palavra hebraica: שמים **shamayim,** no plural, significando: céus, firmamento, céus visíveis, a morada das estrelas, o universo visível, a atmosfera, etc. e como a morada de Deus. Destarte temos uma classificação de três céus distintos. <u>O primeiro</u> é o firmamento, aquele que vemos onde fica as nuvens é o céu que vemos da terra olhando para cima; conhecido como atmosfera. É o que mantém a vida dos seres humanos, animais e de todos os seres que respiram. <u>O segundo</u> é o espaço sideral, esse ambiente constitui-se de um vácuo parcial contendo baixa densidade de partículas, predominantemente plasma de hidrogênio e hélio, além de radiação eletromagnética, campos magnéticos, neutrinos, poeira interestelar e raios cósmicos, é onde ficam os chamados corpos celestes: planetas, estrelas, asteroides, cometas, meteoroides e satélites naturais. <u>O terceiro</u> é chamado de morada de Deus, onde, fica o mundo espiritual, onde habitam com Deus e Cristo, os anjos, arcanjos, querubins e serafins, está referido nos registros do evangelista Lucas quando Deus diz: *"O céu é o meu trono, e a terra, o estrado dos meus pés" (At.7:49a).* Há outra informação de que no Talmude hebraico há a menção de sete céus, mas não quero me deter em especulações, mas, somente nas verdades da Bíblia e a informação que temos a partir dos Escritos Sagrados é a existência de três céus, essa informação é dada pelo apóstolo Paulo na sua segunda carta aos coríntios quando diz: *"Em verdade que não convém gloriar-me; mas passarei às visões e revelações do Senhor. Conheço um homem em Cristo que, há catorze anos (se no corpo, não sei; se fora do corpo, não sei; Deus o sabe), <u>foi arrebatado até ao terceiro céu.</u> E sei que o tal homem (se no corpo, se fora do corpo, não sei; Deus o sabe) <u>foi arrebatado ao paraíso</u> e ouviu palavras inefáveis, de que ao homem não é lícito falar" (II Co.12;1-4).* Percebe que temos aqui uma genuína informação, de uma fonte fidedigna, a Bíblia, afirmando a existência de três céus e vale lembrar que quando Paulo usa a expressão "céu", a palavra grega usada é **oupavoç "ouranos",** e logo em seguida relaciona esse lugar com o paraíso e a citação de Lucas quando Deus diz: "o céu é o meu trono", Lucas emprega a mesma palavra grega **oupavoç** "**ouranos** para a palavra céu".

Há diversas argumentações de pessoas que querem defender a ideia de que o céu é um lugar e o paraíso outro lugar distinto do céu, não tem como fazermos tal afirmação com certeza, pois as citações bíblicas da palavra paraíso relacionam esse lugar como sendo o céu, veja:

"E disse-lhe Jesus: Em verdade te digo que hoje estarás comigo <u>no Paraíso</u>"(Lc.23:43).

"foi arrebatado <u>ao paraíso</u> e ouviu palavras inefáveis, de que ao homem não é lícito falar"(Lc.12:4).

"Quem tem ouvidos ouça o que o Espírito diz às igrejas: Ao que vencer, dar-lhe-ei a comer da árvore da vida que está <u>no meio do paraíso de Deus</u>" (Ap.2:7).

Toda e qualquer tese elaborada, é mera especulação ou são apenas conjecturas. Se for um lugar a parte, ou algum segmento do céu ou ainda uma região em especial, ou como dizem alguns, ser o lugar aonde os mortos em Cristo vão, aguardando o dia do juízo, para enfim, irem para o céu, não se pode afirmar; tudo o que se pode dizer é que é o céu, nada, além disso.

Além da palavra paraíso, há também a expressão **"Seio de Abraão"**, mencionada na história do rico e Lázaro. Temos aqui, outra controvérsia, o que a Bíblia quis dizer com "seio de Abraão", não sabemos ao certo, mas, tudo o que se sabe é que Lázaro foi exatamente para onde está Abraão. Pode ser que a força da expressão "seio de Abraão", esteja dando a conotação de estar no mesmo lugar onde Abraão está. Acredito que este lugar seja o céu. Outra expressão usada por Jesus é: "Reino dos Céus", essa está mais que evidente que é de fato o céu, Jesus admirando a fé do oficial romano que pedia que curasse o seu servo disse: *"Mas eu vos digo que muitos virão do Oriente e do Ocidente e assentar-se-ão à mesa com Abraão, e Isaque, e Jacó, no Reino dos céus; E os filhos do Reino serão lançados nas trevas exteriores; ali, haverá pranto e ranger de dentes"* *(Mt.8:11-12)*. Outra expressão parecida com essa mencionada por Jesus segundo os relatos de Lucas é **"Reino de Deus"**. Jesus é questionado por um cidadão que lhe pergunta se seriam poucos os que se salvariam ao que lhe respondeu sugerindo que entrasse pela porta estreita, porque muitos tentariam entrar, mas não conseguiriam, outros afirmam que o conhecia porque diziam: Temos comido e bebido na tua presença, e tu tens ensinado nas nossas ruas! *"... Digo-vos que não sei de onde vós sois; apartai-vos de mim, vós todos os que praticais a iniqüidade. Ali, haverá choro e ranger de dentes, quando virdes Abraão, e Isaque, e Jacó, e todos os profetas no Reino de Deus e vós, lançados fora"* *(Lc.13:27-28)*.

A expressão **"Reino Eterno"** é usada pelo apóstolo Pedro em sua segunda carta. Alertando aos irmãos que se firmassem no conhecimento de Cristo sendo diligentes na fé, acrescentando a virtude, a ciência, a temperança, a paciência, a piedade, o amor fraternal e a caridade, afirmando que se eles crescessem nestas coisas não ficariam nem ociosos e nem estéreis quanto ao conhecimento de nosso Senhor Jesus Cristo e acrescenta: *"Porque assim vos será amplamente concedida a entrada no Reino eterno de nosso Senhor e Salvador Jesus Cristo"* *(II*

Pe.1:11). E quanto à expressão **"Reino de Cristo"**, aparece com o apóstolo Paulo escrevendo para os irmãos de Éfeso, motivando-os a serem imitadores de Deus como filhos amados instruindo-os a andarem em amor da mesma forma que Cristo os amou. Alertando-os que, a prostituição e toda sorte de impureza ou avareza não convém aos santos e alertando-os sobre as piadas indecentes, picantes ou maliciosas que são coisas inconvenientes. Em vez disso, incentivando-os a darem graças a Deus e diz: *"Porque bem sabeis isto: que nenhum fornicador, ou impuro, ou avarento, o qual é idólatra, tem herança <u>no Reino de Cristo</u> e de Deus" (Ef.5:5).*

Já a expressão **"descanso de Deus"**, o autor da carta aos Hebreus falando daqueles que foram desobedientes a Deus, não crendo nas suas promessas, murmuraram no deserto e foram incrédulos, Deus os repreende e promete que eles não entrariam na terra. Mas com quem se indignou por quarenta anos? Não foi, porventura, com os que pecaram, cujos corpos caíram no deserto? E a quem jurou que não entrariam no seu descanso, senão aos que foram desobedientes? E vemos que não puderam entrar por causa da sua incredulidade. Assim nos alerta a que não façamos o mesmo dizendo: *"Temamos, pois, que, porventura, deixada a promessa de entrar <u>no descanso de Deus</u>, pareça que algum de vós fique para trás" (Hb.4:1).*

Todas essas expressões são referências que os escritores da Bíblia, inspirados pelo Espírito Santo se referiram ao céu e essa é a prova cabal de que de fato ele é um lugar real.

"E mostrarei prodígios <u>em cima no céu</u>; e sinais embaixo na terra, sangue, fogo e vapor de fumaça".(At. 2:19)

A Bíblia mostra claramente três lugares distintos, o céu, a terra e o inferno. Pelas descrições das referências utilizando a expressão "em cima", fica acima da terra. É mais que óbvia essa afirmação, mas é interessante confirmarmos, porque vivemos em uma época em que as argumentações em torno da verdade são tão ideológicas que em alguns casos a mentira prevalece de tal forma que as pessoas que argumentam em favor da verdade devem dizer o óbvio, e até desenhar para que fique claro e evidente que tal fato é mesmo a verdade. Creio que quando afirmamos que o céu está localizado em cima, a expressão por si só se define, mas como já disse, hoje em dia, não basta apenas explicar, tem que desenhar, para que os contradizentes entendam.

O profeta Amós, profetiza dizendo que Deus querendo

trazer punição sobre o seu povo fala da destruição dos pecadores dentre os filhos de Israel e usa uma expressão que mostra que eles não escapariam da punição do Senhor quando diz: *"Ainda que cavem até ao inferno (Sheol), a minha mão os tirará dali; e, <u>se subirem ao céu, dali os farei descer</u>. E, se se esconderem no cume do Carmelo, buscá-los-ei e dali os tirarei; e, se se ocultarem aos meus olhos no fundo do mar, ali darei ordem à serpente, e ela os morderá. E, se forem para o cativeiro diante de seus inimigos, ali darei ordem à espada para que os mate; e eu porei os meus olhos sobre eles para mal e não para bem"* (Am.9:2-4). Nota que nessas referências, na fala do profeta é usada a expressão: "se subirem ao céu..." mais uma vez uma afirmação de que o céu é de fato em cima.

Os conhecedores das Escrituras sabem que Jesus é Deus e que antes de se manifestar como homem, habitava com o Pai, no céu. O evangelista João, fala que ele era o verbo que estava com Deus desde o princípio, quando tudo fora criado. Além desta verdade das Escrituras, temos a fala do próprio Jesus em seu discurso aos judeus quando dizia que era o pão da vida: *"Porque <u>eu desci do céu</u> não para fazer a minha vontade, mas a vontade daquele que me enviou. E a vontade do Pai, que me enviou, é esta: que nenhum de todos aqueles que me deu se perca, mas que o ressuscite no último Dia"* (Jo.6:38-39). Esta, para mim, é uma das maiores provas; temos aqui o próprio Jesus afirmando que, desceu do céu, ora se ele desceu é porque estava em cima, no alto.

Outra prova contundente, é a história que já mencionei em capítulos anteriores, do rico e Lázaro, vemos neste episódio a configuração de dois lugares distintos, o inferno e o seio de Abraão, ou paraíso e aqui mais uma vez tem uma referência plausível, pois para avistar Abraão e Lázaro, o rico teve que ter uma postura que nos esclarece também onde está localizado o céu: *"No inferno (Αδης hades), ergueu os olhos, estando em tormentos, e viu ao longe a Abraão, e a Lázaro no seu seio" (Luc 16:23).* Tendo ele erguido os olhos para avistar Abraão e Lázaro no seu seio, certamente o fez porque estava embaixo e eles, acima dele. Essa é mais uma evidência da localização do céu.

A Bíblia está recheada de provas contundentes a respeito da existência do céu, bem como do inferno com todas as suas nuances e características. Quando lemos escrituras como os registros do livro do profeta Isaías, somos convencidos dessas verdades e nos damos conta de que alguns episódios remontam anos na história e nos prova de forma veraz a sua antiguidade. O profeta Isaías registra a queda de satanás, a sua expulsão do céu, quando provocou a rebelião contra Deus. Temos neste texto riquezas de detalhes acerca da existência do céu e do inferno, o que prova que são reais e existem, embora sejam ambientes do mundo espiritual, invisível aos olhos, mas tão existentes quanto ao vento que sentimos mas, não vemos. Isaias diz: *"Como caíste do céu, ó estrela da manhã, filha da alva! Como foste lançado por terra, tu que debilitavas as nações! E tu dizias no teu coração: Eu subirei ao céu, e, acima das estrelas de Deus, exaltarei o meu trono, e, no monte da congregação, me assentarei, da banda dos lados do Norte. Subirei acima das mais altas nuvens e serei semelhante ao Altíssimo. E, contudo, precipitado serás ao inferno (Sheol), ao mais profundo do abismo" (Is.14:12-15).* As expressões ditas pelo profeta Isaías como: "Eu subirei ao céu", "como caíste do céu", "precipitado serás ao inferno (*Sheol*)", são expressões que nos dá a clara ideia de que assim como o inferno está localizado abaixo, como já vimos anteriormente, o céu está localizado acima. Portanto, nenhuma narrativa pode provar o contrário, são verdades irrefutáveis, tanto da existência como da localização desses ambientes espirituais.

Já ouvi vários testemunhos de pessoas falando que foram ao céu, recebeu de Deus algumas revelações e mensagens para as pessoas aqui na terra, assim como aqueles que também testemunharam que foram várias vezes ao inferno. Não temos certeza se esses depoimentos são verdade, creio que alguns desses casos podem ser invencionices de pessoas que querem protagonizar suas vidas com supostas revelações para serem acreditadas e recebidas como uma espécie de super espiritual representante de Deus, ou até mesmo querendo autenticar um suposto ministério dado por Deus. Tais pessoas havia no tempo de Paulo que, alertou a igreja em Colossos acerca das suas falsas visões, o apóstolo escreveu a essa igreja dizendo: *"Que ninguém, com humildade afetada ou culto aos anjos, impeçam vocês de conseguirem a vitória; essas pessoas se fecham em suas visões e se incham de orgulho com o seu modo de pensar" (Cl.2:18).* Hoje não tem sido diferente, há muitos que também, se fecham em suas visões particulares e querem mostrar o que não viram e entregar uma mensagem que Deus não mandou. Por isso, prefiro me apoiar sempre nas Escrituras, que é a única fonte fiel e digna de toda aceitação e nela temos o testemunho do apóstolo Paulo que diz que foi arrebatado até ao terceiro céu o qual também chamou de paraíso.

CAPÍTULO X

O Céu é um Lugar Eterno

"Porque assim vos será amplamente concedida a entrada no Reino eterno de nosso Senhor e Salvador Jesus Cristo" (II Pe. 1:11).

As expressões que a Bíblia traz em seus diversos textos como: herança eterna, reino eterno, vida eterna, tabernáculos eternos, nos dá a informação do caráter eterno do céu. Indubitavelmente Deus não iria criar um lugar com vida passageira, que passasse com o tempo, que fosse transitório opondo-se ao que é eterno para que fosse a moradia daqueles que ele criara com caráter tão eterno como ele o é. A eternidade do céu nos revela algo que o homem natural pouco se importa com ele, as pessoas vivem neste plano terreno, como se todas as coisas incluindo as suas almas fossem temporais. Esse é um dos grandes enganos impetrados por satanás no coração do homem. Quando falei sobre a eternidade do inferno, abordei o assunto começando com uma afirmativa que se ouve muito nos nossos dias, pessoas que dizem: "não existe inferno, tudo acaba com a morte", como se houvesse no mundo espiritual um grande incinerador de almas, onde todas as almas que fossem jogadas ali, desaparecessem completamente tal qual um papel lançado ao fogo. Mas, a nossa refutação mostra o contrário, há uma eternidade para todas as coisas que Deus criou eternas, e entre elas estão às almas, assim como haverá um lugar para castigo eterno haverá também um lugar para o gozo eterno. Quando Jesus fala aos seus discípulos da sua partida para o céu ele diz que estaria indo para preparar lugar para eles para que onde Ele estivesse, estivessem todos eles também e essa fala está coerente com o que também fala aos discípulos a respeito do dia final: E, quando o Filho do Homem vier em sua glória, e todos os santos anjos, com ele, então, se assentará no trono da sua glória; e todas as nações serão reunidas diante dele, e apartará uns dos outros, como o pastor apartam os bodes das ovelhas. E porá as ovelhas à sua direita, mas os bodes à esquerda. Percebe que Deus estará fazendo separação entre aqueles que ficariam eternamente com Ele ou eternamente sem Ele, portanto, Jesus diz: *"Então dirá o Rei aos que estiverem à sua direita: Vinde benditos de meu Pai, possuí por herança o reino que vos está preparado desde a fundação do mundo"* (Mt.25:34); até aqui Jesus não fala da eternidade deste lugar, a única palavra que aclara um pouco a respeito é a expressão "herança" e o fato de dizer que é um reino que está preparado desde a fundação do mundo. Mas, a finalização da sua fala nos elucida bem a respeito do caráter eterno do céu quando diz: *"E irão estes para o tormento eterno, mas os justos, para a vida eterna"* (Mt.25:46).

O Salmista Davi em várias oportunidades em seus salmos mencionou a respeito da eternidade do céu; Davi tinha uma invejável intimidade com Deus, e por vezes abordava assuntos relacionados ao reino dos céus. No salmo 145, Davi começa dizendo que exaltaria a Deus seu Rei e que bendiria o seu nome todos os dias e usa a expressão "pelos séculos dos séculos", dando a conotação de "eternamente". Fala que a sua boca entoará o louvor do Senhor e toda a carne louvará o seu santo nome "para todo o sempre". Mas fica mais clara a evidência da eternidade do céu no seu louvor a Deus quando diz: *"O teu reino é um reino eterno; o teu domínio dura por todas as gerações"* (Sl.145:13).

Os apóstolos foram os que mais ouviram Jesus falar acerca do Reino de Deus, todos eles estavam sempre presentes nas suas pregações e foram saturados da pregação do Evangelho do Reino e Jesus não poupava palavras quando era necessário abordar sobre o caráter eterno tanto do céu quanto do inferno, fazia alusões a lugares parecidos em termo de comparações, usava situações da vida cotidiana e da rotina dos seus contemporâneos para ilustrar sobre o assunto, usava parábolas, enfim, usava de todos os artifícios para que ficasse compreendido que eram lugares reais e eternos. E foi da boca de Pedro que saiu uma expressão reveladora acerca do caráter eterno do céu, quando alertava os irmãos quanto aos tropeços da fé pela falta de investimento no conhecimento de Cristo e diz: *"Porque assim vos será amplamente concedida a entrada no Reino eterno do nosso Senhor e Salvador Jesus Cristo" (II Pe.1:11).*

Entre as histórias que Jesus contava quanto usava desses recursos para elucidar sua mensagem, está a do negociante esperto. O Mestre começa dizendo que um homem rico contratou um mordomo para administrar seus negócios, mas logo correram boatos de que o mordomo era completamente desonesto. Portanto, o patrão o chamou e disse: Que história é esta que eu estou ouvindo, que você está me roubando? Ponha suas contas em ordem, porque você vai ser despedido. O mordomo pensou consigo mesmo: E agora? Estou liquidado aqui; não tenho força para a lavoura, e sou orgulhoso demais para pedir esmolas. Já sei o que vou fazer! Desta forma eu terei uma porção de amigos para cuidarem de mim quando eu for embora! Então ele convidou todos que deviam dinheiro ao patrão dele para virem discutir a situação. Perguntou ao primeiro deles: Quanto você deve ao patrão? Minha dívida é de cem medidas de azeite, respondeu o homem. Bem, aqui está o contrato que você assinou, disse-lhe o contador. Rasgue-o e escreva outro com a metade disso! E você, quanto deve a ele? Perguntou ao seguinte. Cem alqueires de trigo! Foi a resposta. Disse o contador, tome a sua nota e troque-a por uma de apenas oitenta alqueires! O homem rico ao descobrir o que seu empregado desonesto fizera admirou-o por ser tão esperto. E Jesus ensina aos seus discípulos que as pessoas deste mundo são mais espertas (nos seus negócios desonestos) do que aqueles que amam a Deus. Mas, na conclusão da sua história faz a abordagem da eternidade quando diz: *"E eu vos digo: granjeai amigos com as riquezas da injustiça, para que, quando estas vos faltarem, vos recebam eles nos <u>tabernáculos eternos</u> (Lc.16:9).*

Creio que será uma visão terrível e desalentadora a contemplação do inferno para aqueles que morrerem sem Cristo, para muitos, aqueles que foram enganados, será uma terrível surpresa ao descobrirem tarde demais que a eternidade sem Deus existe e que será de eternos sofrimentos; e para aqueles que morrerem com Cristo, será uma contemplação esplendorosa, certificarem que a eternidade com Deus, o céu, o paraíso, o tão aguardado descanso eterno é um lugar literal.

"Porque nós, os que temos crido, entramos no descanso, tal como disse: Assim, jurei na minha ira que não entrarão no meu repouso; embora as suas obras estivessem acabadas desde a fundação do mundo" (Hb.4:3).

Essa é sem sombras de dúvida uma das características do céu, e sem medo de errar digo que é a que mais descreve o céu como um lugar bom para estar. A expressão "descanso" nos traz em sua essência semântica a certeza e o consolo de sabermos que haverá repouso neste lugar, a cessação de todo o sofrimento e por fim uma espécie de tranquilidade eterna.

Para Deus foi tão importante fazer essa abordagem ao homem que fez questão de registrar o nosso descanso na eternidade fazendo-o análogo ao descanso que havia prometido ao povo de Israel ao conquistar finalmente a terra prometida. O Espírito Santo inspirou o autor da carta aos hebreus na escrita de tal analogia o qual começa dizendo que uma vez que Cristo é tão superior, adverte o Espírito Santo que, o escutemos, que não deixemos de ouvir sua voz hoje e não permitamos que o nosso coração se endureça contra Ele como o povo de Israel fez. Eles se endureceram contra o seu amor e se queixaram dele no deserto enquanto Ele os estava pondo à prova. Deus, porém, teve paciência com eles durante quarenta anos, embora a sua paciência tivesse sido terrivelmente submetida à prova por eles. E Ele continuou a fazer seus portentosos milagres para que eles vissem. "Porém Eu", diz Deus, "fiquei muito irado com eles, pois seus corações estavam sempre olhando para um outro lugar ao invés de levantarem os olhos para Mim, e nunca acharam os caminhos que Eu desejava que eles seguissem". Então Deus, cheio desta ira contra eles, obrigou-se com um juramento a jamais permitir que eles chegassem ao lugar de descanso preparado por Ele. O Senhor não somente se preocupa com as nossas vidas terrenas, como se preocupou com o povo de Israel, quando lhes prometeu um lugar de descanso no final da jornada, como também conosco se preocupa no tocante ao descanso eterno. Destarte nos adverte para que não tenhamos um coração infiel, duro e instável ao ponto de rejeitarmos a sua promessa, Ele espera que tenhamos a sensatez de um coração ávido pela sua presença e confiante o suficiente para perseverarmos até o fim. Por conseguinte nos advertiu dizendo: *Vede, irmãos, que nunca haja em qualquer* *de vós um <u>coração mau e infiel</u>, para se apartar do Deus vivo. Antes, exortai-vos uns aos outros todos os dias, durante o tempo que se chama Hoje, para que nenhum de vós <u>se endureça pelo engano do pecado</u>. Porque nos tornamos participantes de Cristo, se retivermos firmemente o princípio da nossa <u>confiança até ao fim</u>. Enquanto se diz: Hoje, se ouvirdes a sua voz, não endureçais o vosso coração, como na provocação"* (Hb.3:12-15). Cabe aqui ainda uma indagação para que haja mais elucidação. Quem eram essas pessoas de quem estou falando, que ouviram a voz de Deus falar-lhes, porém depois se rebelaram contra Ele? Eram aqueles que saíram do Egito com o seu líder Moisés. E quem deixou Deus irado durante todos aqueles quarenta anos? Estas mesmas pessoas que pecaram e como consequência morreram no deserto. E de quem Deus estava falando quando declarou com juramento que eles jamais poderiam entrar na terra que prometera ao seu povo? Estava falando de todos aqueles que lhe desobedeceram. E por que não puderam entrar? Porque não confiaram nele. Caro leitor, temos nesse episódio o triste fim de uma geração inteira que, levada pela obstinação ao pecado rejeitou aquele que seria o seu condutor ao descanso final. Mas, temos também o registro da indignação de Deus ante uma atitude tão perversa do povo em não querer seguir o seu caminho, não obedecer aos seus mandamentos, não observarem seus estatutos, então disse Deus: *"Por isto me indignei contra essa geração, e disse: Estes sempre erram em seu coração, e não chegaram a conhecer os meus caminhos. Assim* *jurei na minha ira: Não entrarão no meu descanso" (Hb.3:10-11).* Embora a promessa de Deus ainda esteja de pé, a promessa de que todos possam entrar no seu lugar de descanso, devemos ter temor, porque alguns podem estar à beira de, no fim de tudo, não conseguir chegar lá pelo descaso e pela incredulidade. Esta maravilhosa notícia de que Deus deseja nos salvar, foi-nos dada tal como foi àqueles que viveram no tempo de Moisés. Entretanto, não lhes fez nenhum bem, porque eles não creram nela. Não a combinaram com a fé. E falando acerca da eternidade, somente os que creem em Deus, poderão entrar no seu lugar de descanso. Ele afirmou: "Jurei em minha ira que aqueles que não creem em Mim nunca entrarão", mesmo apesar de estar preparando e esperando por nós desde o principio do mundo.

Obviamente a palavra de ordem é atender ao seu chamado. Por vezes o Espírito Santo repete a expressão: "Hoje, quando ouvirem a sua voz, não endureçais os vossos corações". E, este novo lugar de descanso acerca do qual ele está falando não quer dizer a terra de Israel, para onde Josué os conduziu. Se Deus quisesse dizer isso, não teria falado muito depois a respeito de "hoje" como a ocasião para entrar. Portanto, há um descanso completo e perfeito ainda esperando o povo de Deus. Cristo já entrou lá. Está descansando do seu trabalho, tal como Deus fez após a criação. Devemos, portanto, fazermos o melhor que pudermos para entrar no lugar do descanso eterno, tomando cuidado para não desobedecermos a Deus como fizeram os filhos de Israel, e assim não conseguiram entrar. Observemos o que diz a sua Palavra: *"Procuremos, pois, entrar naquele descanso, para que ninguém caia no mesmo exemplo de desobediência"* (Hb.4:11).

Quando Jesus esteve aqui, embora nos alertasse de que neste mundo teríamos aflições, provações e perseguições, também nos prometeu que nEle poderíamos experimentar descanso para nossas almas, nos dando o claro entendimento que a partir da sua pessoa é possível esse descanso tão sonhado. Ele se volta para os oprimidos, os que estavam sobre pesado jugo e diz: *"Vinde a mim, todos os que estais cansados e oprimidos, e eu vos aliviarei. Tomai sobre vós o meu jugo, e aprendei de mim, que sou manso e humilde de coração, e encontrareis descanso para a vossa alma. Porque o meu jugo é suave, e o meu fardo é leve"* (Mt.11:28-30). Esclareço que Jesus está falando de um descanso terreno, daquele que poria fim a fadiga, ao jugo e toda a opressão. Mas, o céu, como lugar de descanso não é apenas um espaço temporal, mas eterno, um descanso sem fim, uma completa e eterna cessação de qualquer tipo de sofrimento, à vista disso, quando deu a João as revelações do tempo do fim, registrou que naquele lugar não haveria mais pranto, necessidades básicas, não haveria lágrimas, seria um lugar de repouso total, e essas foram as palavra de João: *"Nunca mais terão fome, nunca mais terão sede; nem sol nem calor algum cairão sobre eles, porque o Cordeiro que está diante do trono, os apascentará e os conduzirá às fontes das águas da vida; e Deus lhes enxugará dos olhos toda lágrima"* (Ap.7:16-17). Portanto, não será um lugar de sofrimento, mas de descanso eterno.

"Bem-aventurados os limpos de coração, porque eles verão a Deus" (Mt.5:8).

O céu é um lugar tão especial, que Deus o criou para sua habitação, é lá onde mora o altíssimo e onde está o seu trono. A prova disso é que no dia em o rei Ezequias convocou todo o Israel para celebrar a páscoa ao Senhor, a Palavra fala que houve grande alegria em Jerusalém, como nunca houve algo semelhante desde os dias de Salomão filho de Davi. Então, os sacerdotes e os levitas se levantaram para abençoar o povo e, veja o que a Palavra de Deus diz na sequência: *"... a sua voz foi ouvida, e a sua oração chegou até a santa habitação de Deus, até aos céus.* Portanto, essa é a prova cabal de que ali realmente é a habitação de Deus. Sabemos que o propósito eterno de Deus é ter uma grande família de filhos e filhas semelhantes a Jesus para sua glória, ou seja, Deus quer uma família para morar com ele no céu por toda a eternidade; baseado neste fato, entendemos que somente estarão ali com Deus os santos, aqueles que foram separados, os chamados puros de coração. Essa premissa está na resposta que o salmista recebe por sua indagação a Deus em um dos seus salmos, Davi pergunta: "Quem subirá ao monte do Senhor, ou quem estará no seu santo lugar?" Acredito que havia no coração do rei uma grande dúvida, pois sabia com certeza que, não seria qualquer um. Davi entendia que deveria haver alguma qualificação para alguém que desejasse estar com Deus em seu santo lugar, e a resposta é: *"Aquele que é limpo de mãos e puro de coração; que não entrega a sua alma à vaidade, nem jura enganosamente"* (Sl.24:4). Certamente Davi se satisfez com a resposta, sabedor de que Deus é santo seria mais que justo e coerente que deveria habitar com os santos, os puros e não com os impuros. E quanto a estes, Deus já lhes deu a sentença. E nada pode fazer o pecador ante tal ação de Deus, não tem como se esquivar ou tentar remediar, todo e qualquer esforço será inútil. O melhor esclarecimento sobre a sentença Divina foi dita por Charles Spurgeon citada em seu sermão A ESSÊNCIA DO EVANGELHO, compilado no eBook pelo projeto O Estandarte de Cristo. Spurgeon fala que:

> "O Senhor tem poder para, a qualquer momento, cumprir Sua sentença, que poder tem você de resistir a ela? Quem é que pode ajudá-lo a suportá-lo? Você está totalmente em Suas mãos; você não pode escapar de Sua prisão, se você subisse ao céu, lá Ele está, se você mergulhasse no inferno, Ele está lá. Todo o universo é apenas uma grande prisão para um inimigo de Deus, você não pode escapar dEle, nem pode resistir a Ele. Se seus ossos fossem de granito, e

seu coração de aço, Seu fogo iria derreter seu espírito! Contra ele você é como a palha contra o fogo, ou a poeira contra o redemoinho. Ó se você sentisse isto, e desistisse da sua rebelião insana! Lembre-se, não há nenhuma promessa dada a você que Ele não vai executar a sentença de Sua Ira nesse mesmo dia. Você não tem nenhum mandado nem da Sua Palavra nem de Seus anjos para assegurar-lhe que Deus suspenderá a pena mesmo para a próxima hora! Você está vivendo por Sua Paciência, poupado pela Soberania Divina. Alguns deliram contra a Soberania, mas, neste caso, não é a Justiça que poupa, é a mera vontade de Deus, que por enquanto mantém você fora do inferno. Você me diz que nada põe em perigo a sua vida neste momento – como é que você sabe disso? As setas da morte muitas vezes voam imperceptivelmente; Eu já estive em congregações pregando em duas ocasiões em que os dardos invisíveis da Morte atingiram um dos meus ouvintes, de modo que um morreu em cada ocasião ao escutar a Palavra do Evangelho. Deus não precisa de milagre para colocar Sua sentença em execução neste momento, Ele não precisa perturbar a ordem natural das coisas para você morrer instantaneamente, e se Ele assim o quisesse, a destruição de sua alma, sem o menor esforço de Sua parte, teria lugar neste exato momento, mesmo onde você está (Charles Haddon Spurgeon, 1739).

Para certificarmos da certeza dessa sentença basta olharmos para referências bíblicas como:

*"Ficarão de fora os cães, os feiticeiros, os **impuros,** os homicidas, os idólatras, e qualquer que ama e comete a mentira"* (Ap.22:15).

*"**Não sabeis que os injustos não hão de herdar o Reino de Deus?** Não erreis: nem os devassos, nem os idólatras, **nem os adúlteros**, nem os efeminados, nem os sodomitas, nem os ladrões, nem os avarentos, nem os bêbados, nem os maldizentes, nem os roubadores **herdarão o Reino de Deus**"* (I Co.6:9-10).

*"Mas, quanto aos tímidos, e aos incrédulos, e aos abomináveis, e aos homicidas, e aos **IMPUROS**, e aos feiticeiros, e aos idólatras e a todos os mentirosos, **a sua parte será no lago que arde com fogo e enxofre, o que é a segunda morte**"* (Ap.21:8).

Essa palavra **IMPUROS (πορνος- *pornos*)** - homem que prostitui seu corpo à luxúria de outro por pagamento; prostituto; homem que se entrega à relação sexual ilícita, fornicador vem do grego (PORNOS), uma derivação da palavra PORNEIA, as quais estão relacionadas com a expressão: RELAÇÕES SEXUAIS ILÍCITAS.

Quero chamar a atenção para o significado: "homem que se entrega à relação sexual ilícita, fornicador." Esse é um dos significados que está mais perto do que define a palavra **IMPUROS (πορνος-pornos),** pois as pessoas estão vivendo suas vidas sem temor a Deus e sem se importarem com o que a Palavra de Deus diz, e o mais assustador é que as igrejas estão cheias de pessoas com esses pensamentos e que não pensam duas vezes para contraírem tais relações, algo que no mundo é normal, mas, não deveria ser normal para a igreja; além disso, nos nossos dias essa atitude pervertida alcançou a medida da iniquidade, pois já estamos vendo certa normalidade não somente nas relações hetero ilícitas como também nas relações homo afetivas (gays e lésbicas).

A palavra "**Puro**" no grego, aquela que Davi cita no salmo 24 é: **καθαρος (katharos)** a qual traz uma variada gama de significados como: limpo, puro, purificado pelo fogo, numa comparação, como uma vinha limpa pela poda e bem preparado para carregar de frutas, limpar, o uso do que não é proibido, que não torna impuro, eticamente livre de desejo corrupto, de pecado e culpa, livre de qualquer mistura com o que é falso; genuíno, sincero, sem culpa, iinocente, limpo de culpa de algo. Todos esses significados apontam para alguém "limpo, purificado". É a mesma do hebraico בַּר **(bar)** - puro, claro, sincero, limpo e livre de qualquer tipo de impureza.

Os puros, são aqueles que ouviram o Evangelho do Reino, entenderam que somente é possível alcançar o reino do céu, nascendo de novo. E para tanto, necessário se faz crer em Jesus Cristo e confessá-lo como seu Senhor e Salvador. Essa é a lei da justificação, são pessoas que entenderam que não se alcança o reino de Deus pela justiça própria, mas, que a obra redentora feita por Jesus na cruz é suficiente para redimir o pecador, para torná-lo justo, santo e puro para Deus; são os que passaram por uma renovação da mente, a mente de Cristo.

Esse feito de Jesus foi tema para um belo cântico entoado no céu pelos quatro seres viventes e pelos vinte e quatro anciões, os quais prostrando-se diante do Cordeiro, tendo cada um deles uma harpa e taças de ouro cheias de incenso, que são as orações do santos, cantavam dizendo: *"... Digno és de tomar o livro e de abrir os seus selos, <u>porque foste morto e com o teu sangue compraste para Deus homens de toda tribo, e língua, e povo, e nação</u>"* (Ap.5:9).

Para Deus, a conquista para trazer o homem de volta para Si, teve um alto preço, preço esse que custou a vida do seu amado filho Jesus, não somente por sua morte, mas por todos os requintes de crueldades praticados pelos romanos, seguido das injúrias dos seus concidadãos, das rejeições sofridas pelos homens da lei (os religiosos), e pela negação e traição dos seus mais íntimos amigos. A cruz não era para qualquer um, amarrado ou pregado, o castigo da crucificação buscava "expor e humilhar" o condenado. "Era uma morte <u>reservada aos piores inimigos,</u> para deixar claro que não queriam ver ninguém cometendo o mesmo crime." Aplicava-se também a escravos e estrangeiros, muito raramente a cidadãos romanos. Quando Paulo cita a morte de Jesus na sua carta aos colossenses usa uma repetição na palavra "morte", para realçá-la ao nível do eu requinte de crueldade e diz: *"De sorte que haja em vós o mesmo sentimento que houve também em Cristo Jesus, que, sendo em forma de Deus, não teve por usurpação ser igual a Deus. Mas aniquilou-se a si mesmo, tomando a forma de servo, fazendo-*

se semelhante aos homens; e, achado na forma de homem, humilhou-se a si mesmo, sendo obediente até à morte e morte de cruz" (Fp.2:5-8).

Esse foi o custo da nossa redenção, o seu sangue nos purifica de toda iniquidade e nos torna puros o suficiente para entrarmos na presença de Deus. Por essa razão o próprio Jesus disse: *"Bem aventurados os limpos (puros) de coração, porque eles verão a Deus"* (Mt.5:8).

"Mas, como está escrito: As coisas que olhos não viram, nem ouvidos ouviram, nem penetraram o coração do homem, são as que Deus preparou para os que o amam" (I Co.2:9).

Essa expressão de Paulo, embora um tanto enigmática, nos dá uma ideia da magnitude do céu, quando o mesmo apóstolo fala que foi arrebatado até o terceiro céu, ao paraíso, diz que ouviu palavras inefáveis, que não se pode nomear ou descrever em razão de sua natureza, força, beleza; indizível, indescritível; palavras desconhecidas para o nosso mundo, pois certamente descrevia coisas que não conhecemos, coisas por demais maravilhosas que só tem em um lugar como o céu. Lugar esse que significa a presença de Deus, o descanso com Deus, a eternidade com Deus. Essa sinótica definição já nos concede a clareza de que não há nenhum lugar melhor que o céu. Todo homem em sua sã consciência, em seu estado normal de sensatez deve envidar todo o esforço necessário para ir para o céu.

Jesus procurou mostrar em suas pregações diversas ilustrações para elucidar os corações dos ouvintes a respeito do Reino do Céu, e em todas elas há algo em comum, todos que desejavam adquiri-lo, sempre renunciava algo. Essa mensagem mostrava que devemos nos despojar das coisas inúteis da vida para adquirir aquilo que é mais precioso que a vida temporal, a vida eterna. Veja por exemplo as parábolas do tesouro escondido em um campo e da pérola de grande valor:

"Também o Reino dos céus é semelhante a um tesouro escondido num campo que um homem achou e escondeu; e, pelo gozo dele, vai, vende tudo quanto tem e compra aquele campo" (Mt.13:44).

"Outrossim, o Reino dos céus é semelhante ao homem negociante que busca boas pérolas; e, encontrando uma pérola de grande valor, foi, vendeu tudo quanto tinha e comprou-a" (Mt.13:45-46).

Nestes dois casos essas pessoas não fizeram conta do que possuíam, seus corações estavam voltados para o valor que tinham a pérola e o tesouro que foram achados, os quais tipificam o Reino de Deus, nas parábolas proferidas pelo mestre Jesus.

Embora não tenhamos uma clara ideia do céu, sabendo que o próprio apóstolo Paulo que o viu, diz ser indescritível, temos um pequeno vislumbre na descrição que João nos dá da cidade santa, João diz que um dos sete anjos que haviam derramado as taças que continham as sete últimas pragas veio e disse: "Venha comigo, que eu lhe mostrarei a noiva, a esposa do Cordeiro". Numa visão o levou ao pico muito alto duma montanha e de lá ele contemplou aquela magnífica cidade, a santa Jerusalém, descendo dos ares, vindo de Deus. Estava cheia da glória de Deus, e cintilava e fulgurava como uma pedra preciosa, de cristal puro como o jaspe. Os muros dela eram largos e altos, com doze portões guardados por doze anjos. E nos portões estavam escritos os nomes das doze tribos de Israel. Haviam três portões de cada lado - norte, sul, leste e oeste. Os muros tinham doze pedras nos alicerces, e nelas estavam escritos os nomes dos doze apóstolos do Cordeiro. O anjo segurava na mão uma vara de medir feita de ouro, para medir a cidade, os seus portões e os seus muros e quando ele a mediu, descobriu que era quadrada, com a mesma largura que o comprimento; aliás, a sua forma era a de um cubo, porque a sua altura era exatamente a mesma das outras dimensões dela, cerca de doze mil estádios.

Então ele mediu a grossura dos muros e descobriu que era de cento e quarenta e quatro côvados (o anjo ditou estas medidas, usando unidades-padrão). A cidade era de ouro puro, transparente como vidro! O muro era feito de jaspe, e foi construído sobre 12 camadas de pedras de alicerce incrustadas de pedras preciosas: A primeira camada de jaspe; a segunda de safira; a terceira de calcedônia; a quarta de esmeralda; a quinta de sardônio; a sexta camada de sárdio; a sétima de crisólito; a oitava de berilo; a nona de topázio; a décima de crisópraso; a décima primeira de jacinto; a décima segunda de ametista. Os doze portões eram feitos de pérolas - cada portão de uma única pérola! E a rua principal era de ouro puro transparente, como vidro. Não se podia ver nenhum templo na cidade, porque o Senhor Deus Todo-Poderoso e o Cordeiro são adorados em toda parte nela. Os seus portões não se fecham nunca: permanecem abertos o dia inteiro e ali não há noite! E a glória e a honra de todas as nações serão trazidas para dentro dela. Veja agora que tremenda essa palavra do apóstolo João, que faz coro com o que já falamos a respeito dos puros de coração, João diz o que não será permitido dentro da cidade: *"Nenhum mal será permitido nela, <u>ninguém que seja imoral ou enganador</u>, mas somente aqueles cujos nomes estão inscritos no Livro da Vida do Cordeiro" (Ap.21:27).* Ela será a habitação de Deus com os homens, será um lugar tão esplendoroso, tão magnífico, maravilhoso que a presença de Deus e de Jesus, será o ápice, o ponto culminante, de toda a cidade. João nos dá uma revelação que finaliza com fulgor, quando diz: *"E a cidade não tem necessidade de sol nem de lua para iluminá-la, porque a glória de Deus e do Cordeiro a iluminam" (Ap.21:23).*

Esse é o lugar que foi preparado para os vencedores, àqueles mencionados por Jesus nas suas cartas às sete igrejas. Em todas as cartas o Senhor faz menção da Expressão "ao vencedor", falando, é claro, dos vencedores, àqueles que não amaram as suas próprias vidas para alcançarem o Reino de Deus. Veja que para a igreja de Filadélfia, aquela na qual viu fidelidade, Ele diz com satisfação que sabia das suas obras e que poria uma porta aberta diante dela que ninguém poderia fechar, e observou: *"... tendo pouca força, guardaste a minha palavra e não negaste o meu nome" (Ap.3:8).* O Senhor vendo a perseverança e a fidelidade desta igreja, ainda lhe faz uma promessa considerando a sua obediência apesar da perseguição e diz: *"Como guardaste a palavra da minha paciência, também eu te guardarei da hora da tentação que há de vir sobre todo o mundo, para tentar os que habitam na terra" (Ap.3:10).* Mas, embora o Senhor tenha feito essa observação e consideração à Igreja de Filadélfia por ter achado nela a fidelidade e perseverança, fez também a todas as outras, promessas aos que vencerem, mas, somente aos vencedores de Filadélfia notamos algo curioso, o Senhor diz: *"Ao vencedor, eu o farei coluna no templo do meu Deus, e dele nunca sairá; e escreverei sobre ele o nome do meu Deus <u>e o nome da cidade do meu Deus, a nova Jerusalém, que desce do céu</u>, do meu Deus, e também o meu novo nome" (Ap.3:12).*

É notória a satisfação do coração do Senhor em ver que esses vencedores são aqueles que mesmo em detrimento das suas vidas amaram mais o Reino de Deus. São os que fizeram couro com aqueles citados pelo autor da carta aos Hebreus na sua lista da galeria dos heróis da fé os quais peregrinaram na terra da promessa como em terra alheia, habitando em tendas *"porque aguardavam a cidade que tem fundamentos da qual Deus é o arquiteto e edificador"* (Hb.11:10).

Quanto a esses vencedores, a escritora Basilea Schlink, autora do livro "Patmos, Quando os Céus se Abriram" escreveu:

> "Agora, no fim dos tempos, quando o inferno escancarou as portas para reclamar multidões incontáveis como presas sua e as levar para o reino das trevas onde serão torturadas, o céu abriu de par em par seus portais para receber os vencedores, à medida que emergem duma época que se torna cada vez mais anticristã, carregada que é de provações e tentações, sofrimento e perseguição. Em seu amor, Deus preparou as coisas mais maravilhosas para os vencedores.
>
> Como que sonhando, eles entram numa cidade onde não há trevas ou mal para torturá-los, uma cidade banhada de luz, onde tudo é radiante, uma cidade repleta de cânticos e regozijos — a cidade da eterna alegria. Nunca mais seus corações serão feridos, nem seus pés injuriados nas cortantes pedras dos caminhos que trilharam, num mundo governado por Satanás e repleto de sofrimento. Agora seus pés trilham ruas de ouro e seus olhos miram palácios imersos em luz. Muitos que um dia desfaleceram em masmorras escuras, na terra, agora habitam em palácios esplendorosos". (Basilea Schlink, 1982)

A vista de todos esses fatos, podemos afirmar sem medo de errar que o céu, indubitavelmente é o melhor lugar, e não há nenhum que possa comparar-se a ele em todos os aspectos, e a melhor e mais notável significação que podemos dar a esse maravilhoso lugar é "Presença de Deus" e "Eternidade com Deus". Quero finalizar este capítulo com as palavras do salmista quando diz: *"Um dia nos teus átrios vale mais que mil em qualquer outro lugar"* (Sl.84:2).

CAPÍTULO XIV

Não Herdarão o Reino de Deus

"Não erreis: nem os devassos, nem os idólatras, nem os adúlteros, nem os efeminados, nem os sodomitas, nem os ladrões, nem os avarentos, nem os bêbados, nem os maldizentes, nem os roubadores herdarão o Reino de Deus" (I Co.6:9-10).

O Reino de Deus como bem diz o termo, é o lugar onde Deus Reina e governa, onde a sua vontade é soberana, onde todos que estarão ali se sujeitarão ao seu governo. Os registros que temos nos mostram que aqueles que estão no céu, os seres viventes, ante a face do Senhor o adoram voluntariamente de dia e de noite, incansavelmente, e sentem prazer em fazer isso, pois estão diante da majestade suprema, o Deus eterno. O apóstolo João em sua visão, a qual foi lhe revelada pelo Senhor Jesus viu e escreveu: *"Os quatro seres viventes tinham, cada um, seis asas, e ao redor e por dentro estavam cheios de olhos; e não têm descanso nem de noite, dizendo: Santo, Santo, Santo é o Senhor Deus, o Todo-Poderoso, aquele que era e que é, e que há de vir"* (Ap.4:8). Essa adoração é daqueles que estavam no céu com Deus, mas, há outra visão que João teve, daqueles que vieram da grande tribulação, os quais não amaram suas próprias vidas e lavaram as suas vestes e as alvejaram no sangue do Cordeiro, pessoas que foram fiéis até o fim e que em seus corações estavam desejosos da presença de Deus, homens e mulheres que não se subjugaram e nem se dobraram diante do sistema, não adoraram a besta e nem tomaram sobre si o número do seu nome; eles permaneceram firmes aguardando o dia em que pudessem estar na presença da majestade no céu. *"Por isso estão diante do trono de Deus, e o servem de dia e de noite no seu santuário; e aquele que está assentado sobre o trono estenderá o seu tabernáculo sobre eles"* (Ap.7:15-17).

Por tais informações sabemos quem estará no céu com o Senhor, mas, também Deus fez questão de elencar aqueles que ali não poderão entrar, temos pelo menos três referências, uma citada pelo apóstolo Paulo na sua carta aos coríntios e duas citadas pelo apóstolo João em sua visão apocalíptica. Paulo cita os devassos, os idólatras, os adúlteros, os efeminados, os sodomitas, os ladrões, os avarentos e os roubadores (I Co.6:9-10). O apóstolo João cita os tímidos, os incrédulos, os abomináveis, os homicidas, os impuros, os feiticeiros, os idólatras e todos os mentirosos. (Ap.21:8; 22:15).

Antes de falarmos com detalhes de cada uma dessas pessoas, quero salientar que, notadamente estamos vivendo nos dias do tempo do fim, onde temos visto e ouvido aquilo que já predizia as Escrituras. O aumento da iniquidade e o amor de muitos se esfriando, pessoas com atitudes extremamente ímpias e que chegam a extrapolar a medida da iniquidade. Vale repetirmos o que já vimos anteriormente, a relação que o apóstolo Paulo nos dá sobre o perfil do homem nesse tempo do fim, Paulo nos adverte de que haveria dias difíceis nesse tempo do fim, fala que os homens seriam: amantes de si mesmos, avarentos, presunçosos, soberbos, blasfemos, desobedientes a pais e mães, ingratos, profanos, sem afeto natural, irreconciliáveis, caluniadores, incontinentes, cruéis, sem amor para com os bons, traidores, obstinados, orgulhosos, homens cheios de sentimentos e atitudes más, mais amigos dos prazeres do que amigos de Deus, todos esses, conforme diz a Palavra de Deus, teriam comichões nos ouvidos e se inclinariam mais para ouvir a mentira e o engano do que a verdade das Escrituras. São esses os que poriam resistências a Palavra de Deus, pessoas ávidas por ouvir aquilo que as satisfazem e que fazem coerência com o estilo de vida que querem viver. Quanto a esses diz o Senhor: "Não entrarão no Reino de Deus", ou "ficarão de fora..."

Temos visto um crescente avanço das pautas homossexuais, pessoas que se enquadram em alguns perfis ditos por Paulo: "amantes de si mesmos, blasfemos e profanos". Esses que por vezes atacam com força a Igreja, a Palavra de Deus, Jesus Cristo e até Deus. Recentemente ouvi um homossexual famoso dizer que, se Deus não o aceitasse no céu, quem perderia, seria ele (Deus), porque eu, disse ele: "sou uma pessoa boa e se tiver que ir pro inferno por ser homossexual eu vou feliz". Percebe como são expressões egocêntricas? São pessoas que querem entrar no céu do jeito que elas são, que não concordam que um Deus amoroso, seja tão duro ao ponto de rejeitar uma pessoa boa, que ama o próximo, que faz caridades e de tudo para melhorar o país só por causa da sua preferência sexual. Em declaração a um desses canais famosos do You Tube esse homossexual diz que fez um pacto com Deus dizendo: "Pai vou fazer um acordo contigo e não quero mais ninguém me enchendo o saco com esse negócio de céu e inferno. Eu prometo que vou ser a melhor pessoa desse mundo e quem me ver vai me reconhecer enquanto luz no mundo, vou ser uma ótima esposa, uma ótima filha, uma ótima avó, uma ótima irmã, uma ótima amiga, vou salvar vidas, vou construir uma política decente para a humanidade, vou salvar o país com algum projeto e vou me empenhar para isso, vou fazer tudo de lindo e maravilhoso, quando eu morrer você vai me encontrar e vai falar: "Parabéns filha! Você foi perfeita, mas, vou te mandar para o inferno porque você tem seios e se assumiu mulher". Eu responderei: "Então você não é Deus!" E finalizou dizendo: "Se Deus quiser me mandar para o inferno, quem vai perder é Ele, eu sou uma pessoa incrível!". Veja o quão soberbo é esse indivíduo, achando que Deus é quem precisa dele.

Pensamentos como esses, saem de mentes cauterizadas pelo pecado e colonizadas por satanás, essa pessoa que diz que conheceu a verdade e foi liberta, diz que não crer no Deus da Bíblia, que olha a aparência, mas que crê no seu Deus, aquele que vê os sentimentos. Tudo aquilo que ele citou, contraria os ensinamentos de Deus quando diz através do apóstolo Paulo na sua carta aos Efésios: *"Porque pela graça sois salvos mediante a fé e isso não vem de vós, mas de Deus, não vem das obras para que ninguém se glorie nelas" (Ef.2:8-9).* Esse pensamento de uma conduta de boas obras, e do amor, praticado do jeito que se quer está incoerente com os pensamentos de Deus; nenhuma obra por mais bem intencionada que seja e nenhum amor por mais desprendido que seja, é suficiente para a salvação do homem que não se sujeita a Cristo, não quer aceitar a sua obra redentora e nem andar segundo os seus mandamentos. A condição para a salvação está na palavra de Deus proferida pelo apóstolo João: *"... para que todo aquele que nele crer...".* Obviamente depois disso vem a prática das boas obras, as quais Deus preparou para que de antemão andássemos nelas, ou seja, obras que respaldarão a nossa fé. Mas, sem poder de salvação. E aqui vale um famoso trocadilho: "Eu não fui salvo pelas boas obras, mas, sou salvo para praticar as boas obras".

Quanto àqueles que a pretexto do amor dizem que o importante é amar o próximo e que Deus vai considerar o seu amor e não aquilo que ele é ou quer ser, tentando se resguardar por ser homossexual, a Palavra de Deus diz: *"Ficarão de fora os cães, os feiticeiros, os **impuros,** os homicidas, os idólatras, e qualquer que ama e comete a mentira" (Ap.22:15).* Lembremos que essa palavra "impuros" é "pornos", que está relacionada a "porneia", relações sexuais ilícitas entre as quais está a relação "homo afetiva".

Tanto o apóstolo Paulo, como o apóstolo João, definiu com clareza cada pessoa com sua respectiva atitude, mostrando que tais ações são aquelas que suprimem qualquer possibilidade de entrada no Reino de Deus. Obviamente há outros pecados que provocam a mesma consequência, mas, acredito que ao citá-los os apóstolos quiseram mostrar que esses são os mais corriqueiros, são a preferência dos ímpios, daqueles que não querem fazer a vontade de Deus. Percebe que quase todos eles, estão elencados entre as obras da carne, as quais o apóstolo Paulo diz que aqueles que as praticam não são dignos de entrarem no Reino de Deus. Todas essas obras da carne são atitudes práticas e manifestações da velha natureza humana que, não serve para se relacionar com Deus, é a natureza da alma caída, suprimida da presença de Deus.

"Porque as obras da carne são manifestas, as quais são: prostituição, impureza, lascívia, idolatria, feitiçarias, inimizades, porfias, ciúmes, iras, discórdias, dissensões, facções, invejas, bebedices e glutonarias..." (Gl.5:19-21a)

O apóstolo Paulo cuidadosamente as relaciona de forma didática mostrando com clareza que essas práticas não agradam a Deus e não devem fazer parte da vida daqueles que são guiados pelo Espírito. Fala não somente dessas obras relacionadas nos versículos acima como também declara: *"... e coisas semelhantes a estas, acerca das quais vos declaro, como já antes vos disse, que os que cometem tais coisas não herdarão o Reino de Deus" (Gl.5:21a).*

Creio ser de suma importância a definição de cada uma delas, a fim de que sejamos elucidados quanto a sua significância, para que possamos nos prevenir dos danos espirituais que cada uma delas provoca, levando inclusive a destituição total da presença de Deus, uma vez que o apóstolo afirma categoricamente que, "não herdará o Reino de Deus quem tais coisas praticam". Obviamente não são somente essas, pois quando analisamos (I Co.6:9-10 e Ap.21:8;22:15), temos ali elencadas outras práticas, as quais veremos no capítulo seguinte "Ficarão de Fora...". Entendo que foi por isso que Paulo complementou o sentido da sua advertência quando disse: *"... e coisas semelhantes a essas..."*. Os apóstolos Paulo e João em seus escritos nas referências acima fazem alusão a pessoas, e aqui Paulo pretendeu tratar das suas práticas, portanto, falaremos de cada uma delas definindo-as a partir da sua escrita original, o grego.

PROSTITUIÇÃO πορνεια - *porneia:* relação sexual ilícita, adultério, fornicação, lesbianismo, relação sexual com animais, relação sexual com parentes próximos; (Lv 18), relação sexual com um homem ou mulher divorciada, homossexualidade, metáf. adoração de ídolos, da impureza que se origina na idolatria, na qual se incorria ao comer sacrifícios oferecidos aos ídolos. Nessa relação há alguns exemplos, mas, o sentido mais abrangente de "Porneia" é "Relações Sexuais Ilícitas". Qualquer uma daquelas elencadas no capitulo 18 do Livro de Levíticos e outras semelhantes.

IMPUREZA ακαθαρσια - *akatharsia:* impureza física, no sentido moral: impureza proveniente de desejos sexuais, luxúria, vida devassa de motivos impuro, falta de pureza nas intenções, pensamentos impuros, mente impura, desejos imundos e motivações baixas.

No sentido grego, é uma palavra que começa no mundo físico, entrou para o mundo ritual e termina no mundo moral. Normalmente na Grécia antiga, quando alguém vendia uma casa, era comum constar no contrato que aquela casa seria entregue ao novo dono limpa, livre de qualquer akatharsia (impureza). No mundo ritual, essa palavra é a mesma do hebraico quando fala do sacerdote que deveria se purificar para entrar na presença de Deus, dos animais impuros, da impureza da mulher no período da menstruação etc... E no sentido moral, é usada para a volúpia de mulheres imorais, no sentido de impureza da alma. Demóstenes, filósofo grego usou a palavra akatharsia (impureza) para referir-se a hipocrisia de um homem que perjurou para lesar seu amigo.

Há três ideias que definem bem o termo: A qualidade daquilo que é maculado e sujo, outra, daquilo que causa nojo e ojeriza em qualquer pessoa decente e por fim daquilo que separa o homem de Deus.

LASCÍVIA ασελγεια - aselgeia: luxúria desenfreada, excesso, licenciosidade, lascívia, libertinagem, caráter ultrajante, impudência, ação indecente, avidez pelo prazer carnal. A conotação desta palavra alcança as impulsividades das intenções sexuais. Os gregos a definem com certa abrangência: Demóstenes a usa para referir-se a brutalidade do homem mau. Para Basílio era uma disposição da alma que não possui nem pode suportar a dor da disciplina é a disposição de entregar-se a qualquer prazer. Josefo em seus escritos a usa para denunciar os atos libidinosos de Jezabel (Antiguidades dos Judeus 8.131.1), por conseguinte essa palavra: ασελγεια(aselgeia - lascívia) é a ação libertina e indisciplinada daquele que está entregue as suas paixões, seus impulsos e emoções, que não respeita o sentimento alheio, e que se tornou indiferente a decência pública.

IDOLATRIA εἰδωλολατρεια **- *eidololatreia:*** adoração a deuses falsos, idolatria de festas sacrificiais formais celebradas para honrar falsos deuses, da cobiça, como adoração a Mamom, no plural, os vícios provenientes da idolatria e peculiares a ela. Na antiguidade, a idolatria era a prática da adoração a um deus que era representado por uma imagem quer fosse de mármore, de pedra, de madeira, metal ou qualquer outro suporte. Mas, nos tempos modernos em que não se vê mais sentido em adorar uma imagem dessas, em quem não há a crença da representação de algum tipo de deus, as pessoas passaram a idolatrar pessoas, coisas e objetos. Temos hoje os ídolos no mundo artístico: cantores, atores, os influenciadores nas redes sociais, bem como os bens e prazeres. O ídolo hodierno é aquele ou aquilo em quem as pessoas dedicam seu tempo, seu dinheiro e seu talento, aquilo a que ou quem de fato ela se entrega substituindo sua veneração e adoração a pessoa de Deus e seu Cristo. É uma palavra que está também relacionada com a feitiçaria, a imoralidade sexual, a ganância e avareza, daqueles que por sua avidez em ajuntar riquezas se entrega ao deus Mamom, idolatrando o seu dinheiro não importando com as implicações que isso provoca em sua vida.

FEITIÇARIAS φαρμακεια - *pharmakeia:* uso ou administração de drogas, envenenamento, artes mágicas, frequentemente encontrada em conexão com a idolatria e estimulada por ela, metáf. as decepções e seduções da idolatria. Essa talvez seja a mais polêmica pelo seu significado na língua portuguesa e a sua escrita no grego. Conhecemos o termo "farmácia" ou "drogaria", onde se vende medicamentos. Mas, essa expressão para os gregos, refere-se ao feiticeiro. Na antiguidade, os chamados "alquimistas", pessoas que sabiam manusear metais e misturava diversas ciências como filosofia, química e misticismo. Existiu na Idade Média, nos países da Europa e durou, com esse conceito, até o período do Renascimento. Depois passou também àqueles que conheciam o poder curativo das plantas e que desenvolviam fórmulas medicamentosas através delas, foram executadas por serem acusados de feitiçaria. Com o passar do tempo houve reconhecimento da fitoterapia, esse termo foi dado à terapêutica que utiliza os medicamentos cujos constituintes ativos são plantas ou derivados vegetais, e que tem a sua origem no conhecimento e no uso popular. As plantas utilizadas para esse fim são tradicionalmente denominadas medicinais. Mas, esse termo: φαρμακεια *pharmakeia* é a definição de feitiçaria, assim como o termo: φαρμακευς *pharmakeus, refere-se àquele* que pratica às artes mágicas, alguém dado à feitiçaria. Prática voltada para consulta e oferecimento de trabalhos aos demônios.

INIMIZADES εχθρα - *echthra:* Falta de amizade; ódio, indisposição, malquerença, estar em conflito ou em oposição contra outra pessoa, desejando seu mal. Inimigo um do outro. Essa palavra por si só se auto define; inimizade historicamente sempre foi o elo de sustentação das nações ferozes que, atacavam seus adversários e que por vezes os dominavam, e o combustível que alimentava o fogo das guerras quer seja das guerras dos conquistadores, dos políticos, dos conflitos entre pessoas, nos matrimônios, nas famílias, em fim em todos os segmentos. Essa palavra: εχθρα *echthra* é a mesma utilizada pelo apóstolo Paulo na sua carta aos Romanos, quando fala da inclinação da carne *"Porque a inclinação da carne é morte; mas a inclinação do Espírito é vida e paz. Porquanto a <u>inclinação da carne é inimizade contra Deus,</u> pois não é sujeita à lei de Deus, nem, em verdade, o pode ser. Portanto, os que estão na carne não podem agradar a Deus"* (Rm.8:6-9). εχθρα *echthra* é *apresentada aqui como* "inimizade". O mesmo apóstolo escrevendo para a Igreja de Éfeso, diz que em Cristo Jesus, nós que estávamos longe, fomos aproximados pelo sangue de Cristo porque ele é a vossa paz, diz ele, o qual de ambos os povos fez um: *"e tendo derrubado a parede da separação que estava no meio, na sua carne desfez a inimizade"* *(Ef.2:14b)*. O Senhor apela para que fujamos da inimizade, pois essa obra da carne é contrária ao amor, o qual é descrito por Paulo como a primeira virtude do fruto do Espírito. Aqueles que optam por ela não pode herdar o Reino de Deus.

PORFIAS εϱις *eris:* contenda, disputa, discussão, obstinação, teimosia, rivalidade, antagonismo, competição, altercação, batalhação, concorrência, desafinar, disputa, empenho, pertinácia, tenacidade. Todos essas palavras sinônimas estão relacionadas a porfia, mas contenda é a melhor definição. Deus reprova terminantemente tal obra, visto que ele tem prazer em que os irmãos vivam em união, como diz o salmista, e a Porfia (εϱις-*eris*) é um ato de rivalidade, que disputa entre amigos ou irmãos, tornando-os inimigos. O apóstolo Paulo repreende a Igreja em Corinto, por saber que estava havendo algumas manifestações de obras da carne entre os irmãos *"porque ainda sois carnais, pois, havendo entre vós inveja, contendas e dissensões, não sois, porventura, carnais e não andais segundo os homens?"* *(I Co.3:3)*. Paulo observa que a contenda ou porfia (εϱις-*eris*) estava presente naquele ambiente e traz dura correção àqueles irmãos. O Senhor diz que seis coisas ele aborrece, e a sétima a sua alma abomina: olhos altivos, língua mentirosa, mãos que derramam sangue inocente, coração que maquina pensamentos viciosos, pés que se apressam a correr para o mal, a testemunha falsa que profere mentiras. E a sétima, que a sua alma abomina é: *"... o que semeia <u>contendas</u> entre irmãos"* *(Pv.6:19)*.

CIÚMES ζηλος - *zelos:* excitação de mente, ardor, fervor de espírito, zelo, ardor em abraçar, perseguir, defender algo, zelo no interesse de, por uma pessoa ou coisa, fúria de indignação, zelo punitivo, ciúme.

O ciúme é um sentimento de insegurança que vem do medo de perder uma pessoa, em que o seu maior desejo é preservar e permanecer em uma relação. A psicanálise fala em três níveis de ciúmes: o competitivo ou normal, o projetado e o delirante, cada qual com um grau diferente de intensidade e de mecanismos emocionais, culminando numa patologia grave. Em um rompante de ciúmes a pessoa começa a ficar profundamente transtornada, desconfia de tudo e persegue o outro porque não aguenta a sensação brutal que existe dentro dela de que está sendo enganada. Por isso, neste caso o ciúme é considerado uma reação emocional das mais sérias e involuntárias. Diz que quem ama sente ciúmes, mas ao contrário dessa afirmação o apóstolo Paulo fala em sua primeira epístola aos coríntios (I Co.13:4), que *"o amor não arde em ciúmes"*. Isso é uma prova de que o ciúme obra da carne é um sentimento egoísta, desconfiado, e violento, já o ciúme atribuído a Deus refere-se ao zelo que Ele tem pelo Seu povo. Como o

Criador de todas as coisas, Ele deseja que Suas criaturas vivessem conforme a Sua vontade, para zelar por todas elas e protegê-las. O ciúme como obra da carne, não pode levar uma pessoa para o céu, visto que é antagônico ao verdadeiro amor, o amor ágape; essa obra da carne em vez de zelar, cuidar e amar a pessoa, é capaz de destruir seus sonhos, seus sentimentos, seus valores, seus desejos mais nobres e até matar.

IRAS θυμος - *thumos:* paixão, raiva, fúria, ira que ferve de forma imediata e logo se acalma outra vez, brasa, ardor. Essa obra da carne pode ser definida como uma das emoções mais intensas, a qual faz parte da rotina de vida de muitos. Para os psicólogos e neurocientistas atuais, a ira é considerada um comportamento da emoção básica que pode ser definida em termos gerais como uma pretensão de causar dano e hostilizar alguém, mesmo que o agente agressor, portador de tal emoção não consiga calcular a dimensão de tal dano, ela consegue arruinar vidas e até matar.

Thumos θυμος - ira é uma palavra com uma ampla gama de significados, incluindo a ira humana e divina, a ira diabólica e animal, a nobre e a destrutiva. É indispensável falarmos da ira humana e a divina, e como Deus considera uma e outra. A ira divina é manifestada por causa da justiça de Deus, ela é o agente que traz a punição sobre a impiedade, a iniquidade, o pecado e toda sorte de desobediência e males provocados pelos homens. Quando o apóstolo João fala do nosso dever de crer no filho de Deus, diz que *"por isso, quem crê no filho tem a vida eterna; o que, todavia, se mantém rebelde contra o Filho não verá a vida, mas sobre ele permanece a ira de Deus" (Jo.3:36)*. Está patente nas Escrituras que a ira de Deus é esse agente da justiça, ao passo que o seu amor é o agente da sua benignidade. Deus não dá ao homem o direito de irar-se sabendo que esse tipo de ira é um agente de morte, ela é avassaladora, destruidora; quanto a isso, a Palavra de Deus é clara quando explica a respeito da ira, Thumos do ponto de vista humano.

"Não vos vingueis a vós mesmos, amados, mas dai lugar à ira de Deus, porque está escrito: Minha é a vingança, eu retribuirei, diz o Senhor" (Rm.12:19). Assim Deus impede que o homem faça vingança, mas ao mesmo tempo pede que a sua ira seja inibida para dar lugar a ira de Deus, indubitavelmente porque não há justiça na ira humana, nenhum homem é justo o suficiente para justiçar alguém. A justiça própria humana para Deus é como um trapo de imundícia. Portanto, veja a recomendação do apóstolo Tiago: *"Sabeis isto, meus amados irmãos; mas todo o homem seja pronto para ouvir, tardio para falar, tardio para se irar. Porque a ira do homem não opera a justiça de Deus" (Tg.1:19-20)*. Essa é sem sombra de dúvidas uma obra da carne que uma vez praticada suprime o seu portador do Reino de Deus.

DISCÓRDIAS εριθεια - *eritheia:* propaganda eleitoral ou intriga por um ofício, aparentemente, no NT uma distinção requerida, um desejo de colocar-se acima, um espírito partidário e faccioso que não desdenha a astúcia, partidarismo, sectarismo. Antes do NT, esta palavra é encontrada somente em Aristóteles, onde denota uma perseguição egoísta do ofício político através de meios injustos. Paulo exorta ser um em Cristo, não colocando-se acima ou sendo egoísta (Fp 2.3). Tg 3.14 fala contra ter amor-próprio ou se vangloriar. *Eritheia* pode ser entendida também como falta de entendimento; como desavença; cizânia. Tendência ou inclinação para a guerra entre aqueles que estão em desavença. Essa obra da carne é um pecado que contradiz claramente a ética cristã. Deus recomendou a união entre os irmãos. O apóstolo João conhecido como o apóstolo do amor foi o que mais pregou sobre o amor e a união no seio da igreja; *eritheia* é o agente que provoca a intriga, o partidarismo e o espírito faccioso, comportamento este, alvo da reprovação divina que recomenda *"Sede unânimes entre vós; não ambicioneis coisas altas, mas acomodai-vos às humildes; não sejais sábios em vós mesmos"* *(Rm.12:16).* A unanimidade impede que haja divergências que possam provocar discórdia e leva o indivíduo a se contentar, e não ambicionar coisas maiores que causam partidarismo e outros maus sentimentos. O apóstolo Paulo faz rogos a igreja de Corinto quando diz: *"Rogo-vos, porém, irmãos, pelo nome de nosso Senhor Jesus*

Cristo, <u>que digais todos uma mesma coisa</u> e que não haja entre vós dissensões; antes, <u>sejais unidos, em um mesmo sentido e em um mesmo parecer</u>" (I Co.1:10). *Eritheia* - discórdia é o sentimento que contraria esse mandamento e coloca o homem como alvo da ira Divina, que ficará fora do Reino de Deus.

DISSENSÃO διχοστασια - ***dichostasia*** Divergência de opiniões ou interesses; falta de concordância a respeito de (alguma coisa); discrepância, divisão. Situação de conflito e desavença; litígio, disputa, qualidade daquilo que discrepa; oposição. Essa obra da carne parece andar junto de *eritheia* (discórdia), ambas comungam no mesmo pecado, pois quando *eritheia* é acionada, prontamente se converte em *dichostasia*. E então estará pronta a confusão. Essa obra da carne, desestabiliza a harmonia do grupo, ela conflita com o mandamento do amor, da paz, da benignidade e dá lugar ao mais atroz comportamento para a igreja, a divisão. Deus não permitirá no seu Reino quem tal obra pratica.

FACÇÃO αιρεσις - ***hairesis:*** um grupo de homens escolhendo seus próprios princípios (seita ou partido) dos saduceus, dos fariseus, dissensões originadas da diversidade de opiniões e objetivos. Por facção nos nossos dias entende-se que seja: grupo de indivíduos partidários de uma mesma causa em oposição à de outros grupos. No Império Romano, as facções formavam-se entre os lutadores nas arenas e seus respectivos torcedores; mais tarde, formaram-se entre diversos grupos da cidade e do campo que rivalizavam entre si; na atualidade, o termo passou a designar cada grupo antagônico que disputa a supremacia política ou religiosa relativamente a suas doutrinas e ideologias. Mas, perceba que o termo grego é *αιρεσις - hairesis,* ou heresia que fica mais bem entendida como: doutrina ou linha de pensamento contrária ou diferente de um credo ou sistema de um ou mais credos religiosos que pressuponha um sistema doutrinal organizado ou ortodoxo. No pensamento cristão essa obra da carne contrapõe a ortodoxia, ela divide, facciona e põe em prejuízo o mandamento "tendes uma só maneira de pensar", recomendação dada pelo apóstolo Paulo. Parece que *hairesis* sequencia as ações de *eritheia e dichostasia.* Deus não aprova tais comportamentos e declara que ficarão de fora quem tais coisas praticam.

INVEJAS φθονος *phthonos:* sentimento de ódio, desgosto ou pesar que é provocado pelo bem-estar, pela prosperidade ou felicidade de outrem. Desejo muito forte de possuir ou desfrutar de algum bem possuído ou desfrutado por outra pessoa; avidez, cobiça, cupidez. Essa obra praticamente estabelece como alvo aquilo que é do outro, ela assanha a cobiça de tal forma que aqueles que a tem, foca seus desejos mais escusos no bem, no belo, na posse, em tudo aquilo que o outro tem e ele não possui. É um sentimento tão egoísta que o seu portador vai sempre colocar as suas pretensões em detrimento da coisa alheia. O apóstolo Paulo apresenta o fruto do Espírito como a arma que combate às obras da carne, dizendo que o fruto do Espírito é amor, alegria, paz, longanimidade (popularmente conhecida como paciência), bondade, benignidade ou benevolência, fé, mansidão e domínio próprio, e afirmando categoricamente que contra essas virtudes não existe lei. Assevera que aqueles que pertencem a Cristo crucificaram a carne, os instintos egoístas junto com suas paixões e desejos. E por fim, recomenda que se vivemos pelo Espírito, andemos também sob a orientação do Espírito. Depois de elencar todas essas virtudes, o apóstolo vai citar o perigo da φθονος *phthonos,* a inveja e finaliza o seu raciocínio dizendo: *"Não sejamos ambiciosos de glória, provocando-nos mutuamente e tendo inveja uns dos outros"* *(Gl.5:26).* O apóstolo Tiago, falando da sabedoria que vem do alto em contradição com a sabedoria humana, a qual disse ele, é terrena, animal e demoníaca, alertando a Igreja sobre as obras da carne que se manifestavam ali e diz: *"pois onde há inveja e sentimento faccioso, aí há confusão e toda espécie de coisas ruins" (Tg.3:16).* Perceba que a inveja promove a facção e ambas geram a confusão e promove um ambiente passível do acolhimento de muitas outras coisas ruins. O Senhor jamais aprovaria tal sentimento em alguém pertencente ao seu Reino. Os invejosos também ficarão de fora.

BEBEDIÇES μεθη **- *methe:*** intoxicação, embriaguez, bebedeiras. Refere-se às práticas de consumo excessivo de bebidas alcoólicas. Essas práticas são condenadas em algumas passagens bíblicas, pois podem levar à embriaguez e a comportamentos pecaminosos. Temos exemplos como a embriaguez de Noé, que resultou em maldição para seu filho Cam, que não honrou o pai por tê-lo visto nu (Gn.9:20-25); As filhas de Ló o embriagaram e tiveram relação icestuosa com o pai (Gn.19:30-36). O apóstolo Paulo repreende os irmãos em Corinto no tocante a Ceia do Senhor, pois não esperavam uns pelos outros, alguns chegavam primeiro e comiam muito e bebiam tanto ao ponto de se embriagarem (I Co.11:20-22). Pode se argumentar que a abstinência é um dever cristão, mas não se pode argumentar com base em declarações e proibições generalizadas. As argumentações devem respaldar o fundamento no princípio formulado pelo apóstolo Paulo quando diz: "é bom não comer carne nem beber vinho, nem fazer qualquer outra coisa, que faça teu irmão tropeçar" (Rm.14:21). A minha liberdade cristã, não pode provocar tropeço e escândalo para aquele que é fraco. μεθη - *methe* é o termo apropriado para bebedices ou embriaguez, essa obra da carne pode ser considerada parceira de *komos*- κωμος, glutonaria, e esta que por nós é conhecida como qualidade de quem é glutão, alguém que tem gula é o indivíduo que com relação a comida age com voracidade e avidez. Estes também ficarão de fora.

GLUTONARIAS κωμος - *komos:* para o grego é mais entendida como orgia, farra; na antiga Grécia era comum as procissões noturnas e luxuriosas de pessoas bêbadas e galhofeiras que após um jantar desfilavam pelas ruas com tochas e músicas em honra a Baco ou algum outro deus, e cantavam e tocavam diante das casas de amigos e amigas. Portanto, embora em alguns casos sejam dissociadas uma da outra, ou seja, nem sempre o glutão bebe muito e nem sempre o beberrão come muito, mas o termo "orgia" é a farra que sempre vai pretender a prática de muita comida e bebida e assim a provocação dos seus excessos. Deus condena tanto uma como outra, essas obras da carne, que configuram como excessos de quem bebe e/ou excessos de quem come, são contrárias a alguém com domínio próprio, temperante, contido que é o que se espera de um verdadeiro cristão. Assim sendo, quem tais coisas praticam também não herdarão o Reino de Deus.

"Ficarão de fora os cães, os feiticeiros, os impuros, os homicidas, os idólatras, e qualquer que ama e comete a mentira" (Ap.22:15).

A intenção em relacionar e definir cada um desses pecados, incluindo aqueles citados pelo apóstolo Paulo e outros citados pelo aposto João, é para que não haja dúvidas quanto aos seus significados e efeitos no tocante a nossa salvação; quando lemos a palavra relacionada na nossa língua, em alguns casos não temos muita clareza da definição, destarte, se faz necessário que busquemos sua significação na língua original na qual foi escrita, no grego, para que possamos elucidar melhor o entendimento.

O apóstolo João cita duas vezes <u>os impuros</u>: **πορνος - pornos:** homem que prostitui seu corpo à luxúria de outro por pagamento, prostituto, homem que se entrega à relação sexual ilícita, fornicador. Essa palavra tem a conotação de prostituição, mas também em sua abrangência qualquer relação sexual ilícita, pois é uma derivação de "porneia" a qual pode ser uma relação homo afetiva.

Tanto o apóstolo Paulo quanto o apóstolo João citam a próxima palavra: Idólatras **Ειδωλολατρης - *eidololatres:*** adorador de deuses falsos, idólatra, usado para qualquer pessoa mesmo cristã, que participava de algum modo no culto dos pagãos, ou alguém que estava presente nas suas festas sacrificiais e comia das sobras das vítimas oferecidas, pessoa cobiçosa como um adorador de Mamom. A idolatria é considerada um pecado abominável para Deus, pois através desse pecado a pessoa que o pratica, suprime Deus da sua vida em preferência a um falso deus. Por vezes lemos nos profetas, Deus associando esse pecado a uma espécie de adultério espiritual como a atitude de alguém infiel a Ele.

Essa palavra: Adúlteros **μοιχος - *moichos:*** adúltero, alguém que pratica relação sexual com pessoa casada, alguém que é infiel a Deus (metaforicamente), descrente. É um pecado relacionado a infidelidade, tanto usado para alguém casado ou não que tem relação sexual com uma pessoa casada, quanto à alguém que apostata da fé e se torna infiel a Deus. É oportuna uma análise da reclamação de Deus contra Jerusalém através do profeta Ezequiel, para podermos entender a força desse pecado e quão abominável ele é para Deus. Fala o profeta à Jerusalém: "Depois de toda essa maldade (Ah! Jerusalém, você está condenada à destruição), você levantou grandes altares aos deuses falsos nas praças, e construiu um templo que se transformou em verdadeira casa de prostituição". Em cada esquina você levantou um altar, e manchou um pouco mais a sua antiga beleza. Sem a menor vergonha, você convidava abertamente a quem passasse para ser seu amante. Dia e noite, você não parava de se prostituir. Para Me deixar ainda mais furioso você se entregou aos egípcios, homens muito viris, fazendo tratos de amizade com o Egito. Foi por isso que Eu a castiguei! Foi por isso que você perdeu terras para seus inimigos! Foi por isso que Eu deixei os filisteus fazerem de você o que bem entendessem! E sabe de uma coisa? Até eles ficaram assustados com os seus pecados! O seu desejo era tão forte que você foi se entregar aos assírios como uma prostituta vulgar. Mesmo depois disso, você ainda não ficou satisfeita, continuou se entregando a todos os deuses de Canaã, e depois se prostituiu com os deuses de Babilônia, mas ainda assim não conseguiu satisfazer-se! Você não teve forças para resistir a esses maus desejos. Acabou se transformando numa prostituta barata, sem a mínima noção de vergonha. Construiu casas de prostituição (os altares de falsos deuses) em cada esquina e em cada praça.

Após tamanho desabafo, o Senhor faz uma analogia apropriada ao pecado de Jerusalém e diz: *"Acabou sendo pior do que a prostituta, porque nem quis receber alguma coisa em troca. <u>Você foi como a mulher que traiu seu marido, tendo</u>*

relações com outros homens. As prostitutas cobram de quem se deita com elas, mas você, você oferece presentes aos seus amantes" (Ez. 16:32-33)!

A expressão: <u>Efeminados</u> **μαλακος** - *malakos:* mole, macio para se tocar, afeminado, catamito (Na Grécia Antiga e na Roma Antiga um catamito era um menino, adolescente ou pré-adolescente, amante homossexual passivo que mantinha uma relação de pederastia, e às vezes de pedofilia, com um homem mais velho), de um rapaz que mantém relações homossexuais com um homem, de um homem que submete o seu corpo a lascívia não natural, de um homem que se prostitue. É a expressão que a Bíblia dá para os gays, homens que se sentem mulher ou que se transveste de mulher. Em alguns casos raros, o afeminado pode ser aquela pessoa que apenas tem trejeitos femininos, mas não necessariamente é homossexual. Mas, assim como o homossexualismo é um comportamento passível de mudança, uma vez que essa pessoa se converta, poderá ser transformada pelo Evangelho de Cristo.

<u>Sodomitas:</u> **αρσενοκοιτης** - *arsenokoites* é alguém que se deita com outro do mesmo sexo (homem ou mulher), homossexual, é a palavra para todas as práticas homossexuais que vemos hoje, refere-se ao movimento LGBTQIAPN+ e está relacionada às: **L**ésbicas, **G**ays, **B**issexuais, **T**ransgêneros, **Q**ueer, **I**ntersexuais, **A**ssexuais, **P**ansexuais e **N**ão binário. É importante esclarecer o porquê o apóstolo usa essa expressão sodomita, que era um

habitante de Sodoma. Um dos pecados habitual naquela sociedade era a relação sexual indiscriminada de pessoas do mesmo sexo e não importando inclusive a idade, e a prova está no livro do Gênese quando os anjos de Deus vão até a cidade para destruí-la e ao chegarem lá os homens abordaram a Ló exigindo que lhes dessem os homens que entraram em sua casa. Veja o texto: *"Chamaram Ló e lhe disseram: Onde estão os homens que vieram para a sua casa esta noite"? Traga-os para que tenhamos relações com eles"* *(Gn.19:5)*. A outra prova de que eles queriam abusar daqueles homens, foi a reação de Ló e o que ele lhes ofereceu para que não fizessem o que queriam fazer contra os seus hóspedes, os anjos. *"Então, saiu Ló a eles à porta, e fechou a porta atrás de si, e disse: meus irmãos rogo-vos que não os façais mal. Eis aqui, duas filhas que tenho, ainda não conheceram homem; fora vo-las trarei, e fareis delas como bom for aos vossos olhos; somente nada façais a estes varões, porque estão sob a proteção do meu teto"* *(Gn.19:6-8)*. Por causa desta prática, esse pecado na época do apóstolo era chamado de sodomia e aqueles que o praticavam, de sodomitas.

Tímidos, **δειλος** - **deilos:** de deos (medo); adj. tímido, medroso. Pessoas com falta de coragem, são aqueles que não têm disposição para o enfrentamento, covardes, que não são ousados em suas atitudes quando necessitam ser. A Bíblia cita alguns casos curiosos, mas o mais conhecido é o caso dos espias, foram doze homens espiar a terra de Canaã antes que Israel entrasse lá, dez entre eles se acovardaram e temeram os homens daquela terra por serem de grande estaturas e começaram a desencorajar o povo, somente dois entre eles: Josué e Calebe encorajaram o povo. Deus reprova a atitude dos outros dez e enaltece a Josué e Calebe, os quais foram os únicos daquela geração que entraram na terra prometida. É notório em qualquer história, que os covardes não são lembrados; os nomes de **Samua**, **Safate**, **Jigeal**, **Palti**, **Gadiel**, **Gadi**, **Amiel**, **Setu**r, **Nabi**, **Geuel**, citados no livro de Números (Nm.13:4-16) nunca mais foram mencionados, não houve lembrança nenhuma deles na história, já os nomes de Josué e Calebe, são citados ao longo da história e principalmente quando se fala de homens corajosos que fizeram enfrentamento em defesa do seu povo.

Os <u>Incrédulos</u>: **απιστος - *apistos:*** infiel, incrédulo, (que não é confiável, desleal), incrédulo, descrente, sem confiança (em Deus), são aqueles que não creem na existência de Deus, são os considerados ateus, pessoas que pregam que há uma supremacia no universo que define todas as coisas, não acreditam que há um ser supremo inteligente que criou o céu a terra e tudo o que neles há. Esses não entrarão no Reino de Deus, pois negam veementemente a sua existência, e se não acreditam em Deus, muito menos em Jesus; vale lembrar que Jesus nos dá dois parâmetros que condiciona qualquer um a ser candidato da vida eterna. *"E a vida eterna é esta: que* *conheçam a ti só por único Deus verdadeiro e a Jesus Cristo, a quem enviaste" (Jo.17:3).*

A expressão, <u>abomináveis</u>: **βδελυσσω - *bdelusso:*** tornar-se odioso, ser detestável, abominável, ir-se por causa do mau cheiro, metáf. odiar, detestar; essa expressão é citada pelo apóstolo João, entre as demais com a conotação de detestável, essa palavra é muito usada para determinar aquilo que não se suporta, algo odioso, que não pode fazer parte da vida nem do cotidiano daquele que abomina. Quero salientar que para Deus a melhor definição de abominável está relacionado com algo "mau cheiroso", fétido aquilo que é insuportável, fedorento. O apóstolo Paulo disse: *"Porque para Deus somos o bom cheiro de Cristo, nos que se salvam e nos que se perdem" (II Co.2:15).* Para com Deus, há um cheiro refrescante e saudável em nossas vidas. É o perfume de Cristo dentro de nós, um aroma tanto para os salvos como para os não salvos ao nosso redor. "Bom cheiro" é o oposto de "mau cheiroso", portanto, os abomináveis são aqueles que por causa de suas práticas detestáveis, exalam para Deus um mau cheiro insuportável e esses não podem estar com Ele na eternidade.

A palavra: <u>homicidas</u> **φονευς - *phoneus:*** assassino, criminoso, homicida, está relacionada com aquele que tira a vida de outro, desta expressão não tem muito o que se falar, ela por si só se define. O homicida não terá lugar no Reino de Deus, porque esse pecado confere ao seu portador, uma ação que somente a Deus cabe executá-la, tirar a vida; nenhum ser humano está autorizado a tirar a vida de outro, e ainda que seja a sua própria, fazendo isso estará inclusive tirando a oportunidade de um indivíduo sem Cristo de obter a sua salvação.

Feiticeiros **φαρμακευς** *pharmakeus:* de pharmakon (droga, i.e., porção de feitiço); alguém que prepara ou usa remédios mágicos, dado a feitiçaria, os gregos, referem-se ao feiticeiro que, na idade média eram chamados de "alquimistas", pessoas que conheciam manuseava metais e misturava diversas ciências e que depois se estendeu aos que conheciam o poder curativo das plantas e que desenvolviam fórmulas medicamentosas através delas. Essas pessoas foram executadas pela santa inquisição por serem acusados de feitiçaria. A conotação dada a palavra é muito mais que apenas um manipulador de fórmulas medicamentosas, refere-se aqueles que consultam demônios, que faz oferendas, pactos e trabalhos a eles. Deus condena essa prática e não aceitará tais pessoas em seu Reino.

Outra expressão bem conhecida é: mentirosos **ψευδης** *pseudes:* equivale a enganador, falso. Usamos muito em nossa língua para determinar algo não verdadeiro, falsificado, mas a sua conotação dada pelas escrituras nesse contexto é de "mentiroso", alguém que pratica a mentira. Esse pecado é terrível, pois através dele podem vir os enganos, as trapaças e muitos prejuízos para a vida, inclusive a vida do próximo, que sempre será a vítima do mentiroso. É interessante considerarmos que a mentira é a única ação que Deus deu a paternidade para satanás. Veja o que disse Jesus aos escribas e fariseus: *"Vós tendes por pai ao diabo e quereis satisfazer os desejos de vosso pai; ele foi homicida desde o princípio e não se firmou na verdade, porque não há verdade nele; quando ele profere mentira, fala do que lhe é próprio, porque é mentiroso e pai da mentira"* *(Jo.8:44)*. Todos aqueles que praticam a mentira, se assemelham ao diabo e no seu Reino Deus quer aqueles que são semelhantes a Jesus. *"E sabemos que todas as coisas contribuem juntamente para o bem daqueles que amam a Deus, daqueles que são chamados por seu decreto. Porque os que dantes conheceu, também os predestinou para serem conformes à imagem de seu Filho, a fim de que ele seja o primogênito entre muitos irmãos"* *(Rm.8:28-29)*.

Essa é outra expressão controversa: <u>cães</u> **κυων - kuon:** cachorro, metáf. pessoa de mente impura, pessoa impudente, que comete impudicícia, falta de moral ou de pudor; imoralidade. Falta de honra; desonra. Ato ou expressão que revela falta de vergonha. Talvez a aplicação da palavra "Cão" ou "Cachorro", seja análogo ao fato de que os cães como animais irracionais, não tem pudor naquilo que fazem, são capazes de desde comer coisas nojentas, até praticar sexo entre eles, lambendo as partes íntimas sem nenhuma vergonha e publicamente, porque é típico da sua natureza. Observemos o que diz Jesus quando fala das coisas santas: *"Não deis aos cães as coisas santas, nem deiteis aos porcos as vossas pérolas; para que não as pisem e, voltando-se, vos despedacem"* (Mt.7:6). Nota que aqui Jesus dá a mesma conotação aos porcos, por serem animais que se sujam e se lameiam por natureza, mesmo que queiramos dá-lhes um ambiente assiado, ainda assim, eles desejarão voltar para a lama. Deus não permitirá qualquer tipo de sujidade em seu Reino.

Ficarão de fora todos aqueles que até o último momento de suas vidas rejeitaram a obra salvadora de Jesus Cristo, não creram no seu nome nem em Deus. Viveram uma vida devassa, idólatra, impura, abominável, incrédula e, sobretudo blasfema, proferindo injúrias a Deus e ao seu Cristo.

Essa palavra <u>roubadores</u>: **αρπαξ - *harpax:*** relativa a rapina, voraz, um extorquidor. Para o nosso idioma, ladrão (Kleptes) e roubador (Harpax) tem o mesmo significado, ambos roubam, mas parece que o sentido da palavra (Harpax) roubadores, usado pelo apóstolo, que pode ser definido para qualquer um que rouba está muito relacionado com aqueles que negociam o Evangelho, os falsos mestres ou falsos pastores que abusam da confiança do rebanho, lhes roubam os bens e o seu dinheiro, com pretexto de edificar o Reino de Deus. Preocupam-se com seus ganhos e em vez de instruir o rebanho, apascentam a si mesmos. Para estes há sérias advertências de Deus contra seus procedimentos. *"Assim diz o Senhor Deus: <u>Eis que eu estou contra os pastores</u> e demandarei as minhas ovelhas da sua mão; e eles deixarão de apascentar as ovelhas e <u>não se apascentarão mais a si mesmos;</u> e livrarei as minhas ovelhas da sua boca, e lhes não servirão mais de pasto"* (Ez.34:10). Contra esses pseudos pastores, Deus profere a sua sentença: "Ai dos pastores de Israel que apascentam a si mesmos". O Senhor os condena por suas atitudes levianas e pela falta de cuidado das suas ovelhas, desprezando-as e olhando para si mesmos. Assim o Senhor promete dar livramento as suas ovelhas e diz: *"Eu livrarei as minhas ovelhas, para que já não sirvam de rapina, e julgarei entre ovelhas e ovelhas"* (Ez.34:22).

<u>A outra expressão Ladrões</u>: **κλεπτης - *kleptes* :** é definida para indivíduo que rouba, realiza furtos, pega para si o que não lhe pertence, por defraudador, ratoneiro. Não há muito que falar, o apóstolo aplica aqui a expressão em seu sentido lato. É um pecado também terrível, pois pode causar ao próximo não somente o prejuízo financeiro, mas pode levar a outros, como o prejuízo emocional e até da própria vida nos casos em que um mero roubo pode se transformar em um latrocínio, deixando pessoas viúvas e filhos órfãos provocando um grande prejuízo emocional para uma família inteira por toda vida. Está inclusive elencado no decálogo (os dez mandamentos) como o sétimo mandamento, "não roubar". Não trata de uma simples proibição de roubo, mas um chamado à justiça, ao amor

fraternal e à gestão responsável dos bens terrenos. Este mandamento nos lembra da importância de respeitar o que pertence ao próximo e de agir em conformidade com o bem comum.

Os Avarentos **πλεονεκτης** *pleonektes:* alguém ansioso para ter mais, deseja sempre o que pertence aos outros, cobiçoso, ávido por ganância, são aqueles que amam as suas riquezas, idolatram o seu dinheiro, são os verdadeiros adoradores de Mamom. Esses também são excluídos do Reino de Deus, por serem gananciosos, os quais não somente amam muito os seus bens, seu dinheiro, como também cobiça dos outros não importando se isso causará ou não um prejuízo alheio. É um pecado tão terrível que Deus o relaciona a idolatria. Percebe que o apóstolo Paulo quando fala da nova vida em Cristo, instrui a Igreja de Colossos a se apartarem dos vícios da velha natureza e diz: *"Fazei, pois, morrer a vossa natureza terrena: prostituição, impureza, paixão lasciva, desejo maligno <u>e a avareza que é idolatria</u>" (Cl.3:5).* Deus condena esse tipo de pecado e nos adverte a que confiemos nEle que dá todo o suprimento e cuidado, nos alertando a não nos iludirmos com tal atitude. *<u>"Sejam vossos costumes sem avareza</u>, contentando-vos com o que tendes; porque ele disse: Não te deixarei, nem te desampararei" (Hb.13:5).* O Senhor nos alerta ainda, a respeito dos roubadores, aqueles que falamos anteriormente, os **αρπαξ (harpax).** Os que por causa do ganho pessoal, iludem os que confiam neles, *"e,* *por avareza, farão de vós negócio com palavras fingidas; sobre os quais já de largo tempo não será tardia a sentença, e a sua perdição não dormita" (II Pe.2:3).* Esses também ficarão de fora, não entrarão no Reino de Deus.

Os Bêbados: **μεθυσος** ***methusos:*** hébrios, intoxicados, embriagados, são aqueles que pelo vício da bebida alcoólica se entregam aos desejos alucinados e perdem completamente a sua razão. Tem o seu raciocínio dominado pelo vício e perde por completo a sensatez. Esse pecado não somente prejudica o pecador, como também arruína todos que estão a sua volta, toda a sua família fica prejudicada, às vezes financeiramente, e às vezes moralmente. Ele é capaz de destruir a reputação de toda a família por causa de um pai, uma mãe ou um irmão que se entregou ao vício. Há vários casos citados nas Escrituras de pessoas que se entregaram ao vinho e fizeram várias loucuras e provocaram vários prejuízos, inclusive para sua posteridade. O apóstolo Paulo recomenda: *"E não vos embriagueis com vinho, em que há contenda, mas enchei-vos do Espírito" (Ef.5:18).* Alerta a Igreja que não se dê ao vinho ao ponto de chegar a embriaguez que provoca contendas, aconselha a se encher do Espírito. Por outro lado, o sábio Salomão faz sérias advertências aos que se entregam ao vinho. *"Não estejas entre os beberrões de vinho, nem entre os comilões de carne. Porque o beberrão e o comilão cairão em pobreza; e a sonolência faz trazer as vestes rotas" (Pv.23:20-21).*

"Para quem são os ais? Para quem, os pesares? Para quem, as pelejas? Para quem, as queixas? Para quem, as feridas sem causa? E para quem, os olhos vermelhos? <u>Para os que se demoram perto do vinho, para os que andam buscando bebida misturada.</u> Não olhes para o vinho, quando se mostra vermelho, quando resplandece no copo e se escoa suavemente. No seu fim, morderá como a cobra e, como o basilisco, picará" (Pv.23:29-32). Essas pessoas são inconsequentes, atrapalham e prejudicam as vidas dos seus entes queridos além da sua própria vida. Não temem a Deus e se deixam levar pelos vícios, por seus devaneios e se submetem aos mais variados tipos de pecados. Esses também ficarão de fora.

Os <u>Maldizentes</u>: **λοιδορος - *loidoros:*** loidos (injúria); blasfemador, insultador. Característica do que ou de quem vive a falar mal dos outros. Pessoa que propaga difamações; malfalante, difamador. Esse pecado ataca diretamente o próximo, as pessoas que o praticam são ávidas pelo dano alheio, e são tão sagazes que não se dão conta do prejuízo que causa aos outros. Uma maledicência pode causar um assassinato de reputação em um grau tão avançado que pode destruir a vida de uma pessoa irreversívelmente. O maldizente não tem escrúpulo, a sua sanha é disseminar o mal e propagar difamações contra a vida alheia. Há alguns que chegam a níveis de blasfêmia contra Deus. Deus dá uma séria advertência contra o mexeriqueiro ou maldizente dizendo: *"Não andarás como* *mexeriqueiro* *entre o teu povo; não te porás contra o sangue do teu próximo. Eu sou o Senhor" (Lv.19:16)* . Salomão dá vários conselhos contra o maldizente e mexeriqueiro e adverte sobre aqueles que descobrem a vida dos outros e salienta que aquele que é fiel em vez de descobrir encobre para não trazer o dano alheio. *"O que anda maldizendo descobre o segredo; pelo que, com o que afaga com seus lábios, não te entremetas" (Pv.20:19).*

"O que anda mexericando descobre o segredo, mas o fiel de espírito encobre o negócio" (Pv.11:13). Deus reprova tal atitude e a qualifica como um pecado passível de deixar de fora aqueles que o praticam. Portanto, não entrarão no seu Reino.

A eternidade deveria ser o alvo da preocupação de todos os homens. É um assunto que deveria permear as pautas de discussões, debates, palestras ou mesmo ocupar o pensamento dos mais indoutos até aos letrados. Infelizmente não é o que vemos acontecer, as pessoas do mundo hodierno vivem em uma corrida maluca, atrás das coisas temporais, as quais não têm valores eternos e se esquecem de que a direção dada pelo apóstolo Paulo é a busca das coisas lá do alto, as quais são eternas. Jesus ensinou que deveríamos ajuntar tesouros nos céus, onde a traça não destrói, a ferrugem não come e os ladrões não roubam. O que temos visto são as pessoas fazendo o contrário, se preocupando com os cuidados desta vida e esquecendo-se da vida eterna.

Satanás de forma astuciosa oferece ao homem opções atraentes que possam desviá-lo do alvo eterno. Essas opções vão desde riquezas, fama, sucesso, status e muita distração. As pessoas deste século estão vivendo uma corrida frenética em busca de todas essas coisas e não tem dado importância a eternidade. Fica aqui o alerta de Jesus que diz haver dois caminhos apenas dentre os quais o homem deve escolher aquele que quiser, no entanto o Senhor define-os dizendo que um conduz a perdição eterna e o outro a vida eterna. Sabemos que em vida temos essas duas opções, mas depois de fazermos a nossa escolha teremos o destino que será a consequência da escolha que fizermos.

As Escrituras estão cheias de alertas, advertências, conselhos e ensinamentos da parte do Senhor, tentando conduzir o homem para o caminho certo e muitos por falta de temor acabam preterindo Deus e fazendo suas escolhas por satanás. O temor do Senhor é o princípio da sabedoria e a falta dele gera no coração do homem uma necedade tal, que o leva a desprezar aquele que fez de tudo para salvar-lhe a vida. Essas pessoas vivem como se o inferno não existisse, como se fosse um lugar fictício que só se vê nas telas de cinemas, nas televisões ou nas redes sociais. E há aqueles que chegam afirmar que de fato não existe, porque o inferno são os sofrimentos que passam aqui nessa vida. Pura tolice! Os sofrimentos, as tribulações e provações fazem parte do processo de construção das nossas vidas e não tem nada a ver com o lugar chamado inferno, a prova disso são os relatos de sofrimentos de pessoas mundo a fora; sofrimentos de todos os jeitos e maneiras. Muitos inclusive sumários com mortes violentas, cruentas e outros com requintes de crueldades. Mas, ainda assim, nenhum deles serve para dar conotação e de comparação a esse lugar tão tenebroso. E há aqueles que até acreditam na sua existência, mas entendem que ali será um lugar de aniquilação da alma, ou seja, não creem que é eterno. Essas pessoas estão muito enganadas. Jesus quando falou deste lugar usou a expressão: "onde o verme nunca morre e o fogo nunca apaga" esclarecendo que não haverá aniquilação ali, mas sofrimento eterno. Isso inclusive descarta completamente a tese daqueles que diz que a morte é um descanso da vida. Para esses respondo: Depende de como vivenciaram suas vidas antes de morrer. Aqueles que viveram em Cristo terão o descanso eteno, mas aqueles que viveram na impiedade terá o flagelo eterno.

Aqueles que são um pouco mais ousados argumentam apoiando-se na premissa de que Deus é um Deus de amor contestam a existência do inferno argumentando que Deus não criaria um lugar como esse para sofrimento eterno por ser um Deus amoroso. De fato as Escrituras pregam veementemente o amor de Deus, ao ponto de entregar o seu filho santo e justo para redimir pecadores não merecedores da sua graça. Mas, devemos também concordar que esse mesmo Deus que é amoroso, também é justo e a sua justiça será aplicada sobre todos aqueles que rejeitaram o seu amor. Quero lembrar que o inferno foi criado para o diabo e seus anjos. O homem vai para esse lugar por preterir Deus e se mancomunar com satanás vivendo segundo o príncipe deste mundo fazendo a sua vontade e não a vontade de Deus.

A boa notícia é que assim como o inferno é real, o céu também é real, é lá onde está o trono de Deus e onde é a sua morada, e o desejo dEle é que façamos a escolha certa nesta vida para podermos ir morar eternamente com Ele. Essa foi a promessa de Jesus aos seus discípulos quando disse: "Eu vou para preparar-lhes morada, para que onde eu estiver estejais vós também. Na casa do meu Pai há muitas moradas, se não fosse verdade eu não vos teria dito: vou preparar-vos lugar". O céu é a eternidade da presença de Deus, é o lugar onde de fato haverá descanso eterno, mas, para aqueles que morrem em Cristo! A esses, cabe a expressão que muitos mencionam quando falam de alguém que morreu, inclusive sofrendo, quando dizem: "Pelo menos descansou". Sabemos que essa verdade não cabe para aqueles que viveram impiamente, afastados de Deus. Nesse lugar chamado céu não haverá dor nem sofrimento; o apóstolo João diz que Deus enxugará dos nossos olhos todas as lágrimas. Será, portanto um lugar de gozo e descanso eterno.

Para quem é o céu? Para os puros de coração, aqueles que foram lavados e remidos no sangue do cordeiro e não rejeitaram o Evangelho de Cristo para serem salvos. Aqueles que mesmo em detrimento das suas vidas preferiram Deus e a sua justiça. O apóstolo Paulo, o qual teve a experiência de ser arrebatado até ao terceiro céu afirma que não há lugar melhor que o céu. Ele diz que ouviu naquele lugar palavras inefáveis e diz que aquilo que os olhos nunca viram, os ouvidos nunca ouviram e nunca passou ao coração dos homens é o que Deus preparou para aqueles que o amam. Por isso também a Palavra de Deus garante que: "Ficarão de fora os cães, os feiticeiros, os impuros, os homicidas, os idólatras, qualquer que ama e comete a mentira, os devassos, os adúlteros, os efeminados, os sodomitas, os ladrões, os avarentos, os bêbados, os maldizentes, os roubadores, os tímidos, os incrédulos e os abomináveis". Esses não herdarão o reino de Deus.

De igual modo, o apóstolo Paulo alerta que há aqueles que se entregam a prática das obras da carne, que são conhecidas, disse ele, as quais são: prostituição, impureza, lascívia, idolatria, feitiçaria, inimizades, porfias, ciúmes, iras, discórdia, dissensões, facções, invejas, bebedices e glutonarias. E não somente estas, disse o apóstolo, mas, as outras semelhantes a essas, acerca das quais já vos disse antes que os que tais coisas praticam não herdarão o Reino de Deus.

É certo que para todo ser humano neste mundo, haverá uma eternidade, sem Deus ou com Deus. A pergunta mais pertinente que se deve fazer diuturnamente é: Onde passarei a eternidade? É bom que o caro leitor entenda que não há neutralidade nessa situação, não há uma terceira opção, apenas duas e o Senhor fez e tem feito tudo o que é possível para que o homem faça a escolha certa. Mas, jamais vai privá-lo do seu livre arbítrio. Essa será de fato uma decisão pessoal e intransferível, ninguém poderá decidir por ninguém. Cada indivíduo decidirá por si próprio.

Jesus foi categórico quando disse: *"Eu sou o caminho, a verdade e a vida e ninguém vem ao Pai senão por mim"* *(Jo.14:6)*. Gosto de dar realce a essa fala de Jesus quando digo que: Ele é o único caminho que nos leva a Deus, a única verdade que nos capacita conhecer a Deus e a única possibilidade de termos vida eterna com Deus.

Finalizo deixando uma frase para meditação e que seja uma reflexão para o meu leitor, você que chegou até aqui, degustando cada capítulo deste livro. Frase esta, que certamente te animará a fazer a escolha certa ou se você já optou por Jesus, a perseverar na decisão que tomou. Esta é a frase: **"As nossas escolhas e decisões destinarão a nossa eternidade"**.

MEDITAÇÃO ULTERIOR
(Eternidade em Contraste)

Certamente haverá mais almas no inferno que no céu e a dor naquele lugar será individual, cada pessoa sofrerá o tormento conforme suas escolhas e comportamentos em vida. Cada uma experimentará a consequência de suas próprias transgressões. Alí o indivíduo pagará o preço por seus pecados e suas iniquidades cometidos durante toda sua vida.

O inferno é um lugar de tormentos sem fim, com caráter eterno, onde a noção de tempo perde todo o seu significado e insere a alma em um sofrimento tal que transcende a qualquer compreensão terrena, e todos que ali entrarem se lamentarão amargamente de não terem escolhido viver com Deus e terem recusado a sua graça, o seu amor e sua bondade. Em meio aos tormentos, lembrar-se-ão que Jesus não era apenas mais um personagem da história como acreditavam ser e que o seu sacrifício na cruz não foi uma cena de ficção, mas foi a maior e mais real expressão de amor que Deus externou para a humanidade.

Concluo apelando para a sensatez e me dirigo aos cépticos; que essa definição do inferno seja a visão da etenidade que jamais se deseje enfrentar, e sejam sensatos para entenderem e aceitarem que a melhor escolha é a oferta feita por Deus a qual define com exatidão, Jesus como o único caminho, a única verdade e a única possibilidade para a vida eterna.

Palavras de Jesus: *"Então, dirá também aos que estiverem à sua esquerda: Apartai-vos de mim, malditos, para o fogo eterno, preparado para o diabo e seus anjos" (Mt.25:41).*

Indubitavelmente haverá menos almas no céu em comparação com a quantide das que estarão no inferno. No céu, esse maravilhoso lugar, cada pessoa experimentará o gozo eterno conforme suas escolhas e comportamentos em vida. Experimentará a consequência de sua própria santificação. Alí cada indivíduo receberá o galardão por seus posicionamentos e suas obras praticados em vida na terra.

O céu é um lugar de gozo sem fim, com caráter eterno, onde a noção de tempo perde todo o seu significado e insere a alma em uma exultação tal que transcende a qualquer entendimento carnal ou terreno, e todos que ali entrarem se alegrarão profundamente por terem escolhido viver com Deus e terem abraçado a sua graça, o seu amor e sua bondade. Em meio a tanta exultação, lembrar-se-ão que as promessas feitas por Jesus eram reais e verdadeiras e que Jesus era muito mais do que o que acreditavam ser. Que o seu sacrifício na cruz foi de fato a maior e mais real expressão de amor que Deus externou para a humanidade.

Concluo incentivando a todos que creem; que essa definição do céu seja a visão da etenidade que desejamos vislumbrar; que sejamos perseverantes na fé e continuemos crendo que a melhor escolha que fizemos nesta vida foi aceitarmos a oferta feita por Deus a qual define com exatidão que Jesus é de fato o único caminho, a única verdade e a única possibilidade para a vida eterna.

Palavras de Jesus: *"Então, dirá o Rei aos que estiverem à sua direita: Vinde, benditos de meu Pai, possuí por herança o Reino que vos está preparado desde a fundação do mundo"* (Mt.25:34).

A eternidade nos propõem esse contraste, céu ou inferno? E o rigor desse antagonismo estará sempre apoiado nas nossas escolhas e decisões. Cada momento vivenciado deverá ser sempre mais um capítulo escrito em nosso diário, que se bem vividos em compliance com a vontade de Deus será transcrito para os livros que serão abertos de onde procederá o julgamento naquele grande dia, e exporá diante de todos, os segredos mais íntimos das almas, definindo assim, para sempre o seu lugar na eternidade.

Julgamento de Jesus: *"E vi um grande trono branco e o que estava assentado sobre ele, de cuja presença fugiu a terra e o céu, e não se achou lugar para eles. E vi os mortos, grandes e pequenos, que estavam diante do trono, <u>e abriram-se os livros. E abriu-se outro livro, que é o da vida. E os mortos foram julgados pelas coisas que estavam escritas nos livros, segundo as suas obras</u>. E deu o mar os mortos que nele havia; a morte e o inferno (Αδης hades) deram os mortos que neles havia; e foi julgado cada um segundo as suas obras. E a morte e o inferno (Αδης hades) foram lançados no lago de fogo.*

Esta é a segunda morte. <u>E aquele que não foi achado escrito no livro da vida foi lançado no lago de fogo</u>" (Ap.20:11-15).

Por que a expressão eternidade em contraste? Vimos que a eternidade está definida por dois lugares: Céu e Inferno. O que esses dois lugares tem em comum? Ambos têm caráter eterno! E o que contrasta entre eles? Neste (o inferno) têm tormentos, sofrimentos, dor, choro, ranger de dentes, gritos e a ausência perene de Deus; naquele (o céu) gozo, exultação, tranquilidade, alegria, louvor, não haverá lágrimas e terá a presença perene de Deus.

À vista desses fatos, devemos concentrar todo o nosso esforço e nos empenhar com toda nossa alma, nossa força, todo nosso entendimento e fé aplicando o nosso coração em acreditar que...

"... As Nossas Escolhas e Decisões Destinarão a Nossa Eternidade."

Silmar.

REFERÊNCIAS BIBLIOGRÁFICAS

ALMEIDA, João Ferreira de - a Bíblia Sagrada - Antigo e Novo Testamento Edição Revista e Atualizada (Imprensa Batista Regular do Brasil).

EDWARDS, Jonathan - A Eternidade dos Tormentos do Inferno 2013 (Fireland – Missões para a Glória de Deus).

NEE, Watchman - A Vida Cristã Normal - 9. Ed. 1989 São Paulo Editora Fiel da Missão Evangélica Literária

SCHLINH, Basilea - PATMOS, Quando os Céus se Abriram 2 Ed. 1982 Curitiba - Paraná - Irmandade Evangélica de Maria.

SPURGEON, Charles Haddon - A Salvação Pela Graça - SpurgeonGems.Org - EstandarteDeCristo.com

SPURGEON, Charles Haddon - A Essência do Evangelho - SpurgeonGems.Org - EstandarteDeCristo.com

AUTOR

Silmar Silva Moreira nasceu em Vila Pereira Distrito da cidade de Nanuque/MG - 23 de Maio de 1961. Bacharelado e Licenciado em Teologia pela Faculdade de Teologia de Anápolis.

Atualmente coopera na obra de Deus na Igreja que está em Ji-Paraná/RO.

Autor dos livros:

- O JUSTO, O ÍMPIO E AS PROVIDÊNCIAS DE DEUS;

- DIVÓRCIO E NOVO CASAMENTO À LUZ DA LEI DE CRISTO;

- COMO LÁGRIMAS NA CHUVA;

- VENCENDO A DEPRESSÃO COM O FRUTO DO ESPÍRITO;

- AS GUIDESTONES 1 - OS DEZ MANDAMENTOS DO MAL;

- AS GUIDESTONES 2 - A CULTURA DA MORTE E A NATUREZA
  PERVERSA DO PRIMEIRO MANDAMENTO;

- AS GUIDESTONES 3 - O FATOR COMUM;

- INTELIGÊNCIA ESPIRITUAL;

- POEMAS E POESIAS DE A-Z;

- ETERNIDADE - DOIS CAMINHOS E DOIS DESTINOS;

- O ANTICRISTO - O HOMEM DO PECADO, O FILHO DA PERDIÇÃO.

OBRAS DO AUTOR

Uma Análise sobre o divórcio à luz
do mandamento de Cristo e os seus
efeitos na eternidade da vida daqueles
que optam por ele.

O autor narra nessa obra a história da sua luta
com as agressões da DMD na vida do seu filho
e fala da sua jornada de fé e esperança em
Deus .

A depressão, um inimigo tão voraz fez parte
da história do autor e sua esposa no pós-luto.
Nesta obra são apresentadas as soluções
para vencer esse terrível mal e se livrar das
suas consequências.

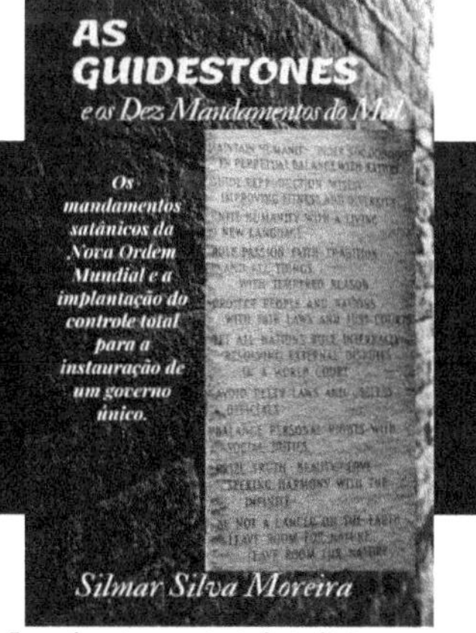

Essa obra, traz um tratado teológico acerca
das escrituras cunhadas nas pedras guia da
Geórgia. O autor faz uma análise profunda
e escatológica do assunto e suas implicações
para o futuro da humanidade.

OBRAS DO AUTOR

Nesta obra, o autor refuta a inteligência espiritual associada à espiritualidade e defende a ideia de que, ela está associada ao termo "espiritual" que busca a sabedoria Divina para o cumprimento da vontade de

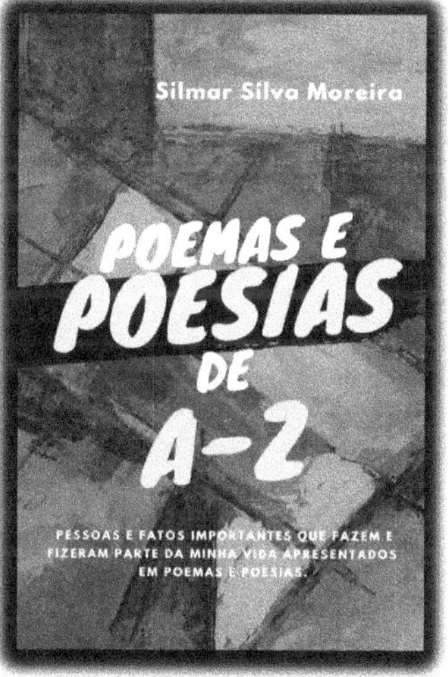

POEMAS E POESUIAS DE A-Z, é uma obra literária onde o autor relata de forma poética as suas experiências e os episódios vivenciados ao longo da sua vida, com exaltação e louvor a Deus.

TRILOGIA
AS
GUIDESTONES

AS
GUIDESTONES 1
e os Dez Mandamentos do Mal.
Os mandamentos satânicos da Nova Ordem Mundial e a implantação do controle total para a instauração de um governo único.
Silmar Silva Moreira

AS
GUIDESTONES 2
A Cultura da Morte e a Natureza Perversa do Primeiro Mandamento.
Os artifícios e mecanismos impetrados pela cultura da morte para promover a redução da população do planeta, a implantação do controle total e instalação da Nova Ordem Mundial.
Silmar Silva Moreira

AS
GUIDESTONES 3
O Fator comum, a suposta defesa ambientalista e a criação da Religião Global.
As intenções por trás dos princípios da Carta da Terra, para a suposta preservação ambiental, com a proteção do ecologismo e a pretensa criação de uma única religião, corroborando para o controle total e a Nova Ordem Mundial.
Silmar Silva Moreira

www.ingramcontent.com/pod-product-compliance
Lightning Source LLC
Chambersburg PA
CBHW050514160726

48003CB00001B/294